都市傳說 第二部 2

笭菁 著

被詛咒的廣告

「該走了，該走了！」

看到廣告的人
彷彿被詛咒般
衝向危險、
置之死地……

都市傳說 第二部 2：被詛咒的廣告

楔子

「來！髮妝！髮妝在做什麼？模特兒的瀏海亂掉了！」

「喂！小孩子哭成這樣沒聽見嗎？保母呢？快點帶去安撫，不然等一下怎麼拍！」

「他在吃道具！有沒有看見，左邊那個在吃道具——」

燈光炙熱的地下室裡嘈雜一片，所有燈具都已架起，最近當紅的國民女神正在拍攝區的地毯上接受髮妝師的照料：頭髮的弧度、妝容的清潔，還有身上那件爆乳衣的調整。

廠商更是從頭到尾緊盯著一切，他們的產品露出最為重要，重金禮聘這位國民女神前來，就是為了能讓產品暢銷。

男人搬著一箱物品，從樓上踏著鐵梯步下，慌亂的聲音可以從步伐踏在梯面上的聲音聽出，匆促且急躁。

「終於來了！」一個紮起髮的女人衝上前，連忙接過紙箱。

「欸……」男人來不及說一句話，又不是他的錯！

導演覺得現場道具欠缺，過於空洞，少了點可愛感，小草道具也嫌少，所以才趕緊調道具下來支援。現場人員一收到箱子，立刻跑到場地上去裝飾，這種兵荒馬亂之際，還伴隨著孩子不絕於耳的哭聲。

「我覺得我會瘋掉。」一個男生喃喃唸著，從他身邊經過。

男人回頭無奈，這支廣告需要好幾個可愛的孩子，個個不滿一歲，自是難以控制，就算父母在場，高溫高熱、人又這麼多的環境，有幾個孩子受得了？即使他們裝扮成可愛的天使，現在這嚎啕大哭的分貝下，每個人都覺得他們是惡魔了。

「可以叫他們不要哭嗎？」不知道是誰煩躁的怒吼。

「小孩哪能控制！這下面太熱了！」

媽媽或保母們已經把孩子抱到角落去哄了，遠離高熱的燈具，輕拍著安撫；但也是有幾個小孩子如入無人之境，逕自或坐或躺的在地毯上玩，工作人員擺上一株假的小草，他們就跟著拔起。

最乖的，就是在蘋果樹下那個孩子，紅通通的臉頰，模樣可愛極了，穿著天使裝扮，真的完全像丘比特，他不哭不鬧，就只是靜靜的坐在那兒，靠著蘋果樹

似是睡著了般。

「來——好了嗎?準備開始拍攝囉!」

「音樂!」

美麗的明星練習著笑容，這廣告沒有任何台詞，她完全不需要背誦，需要的是她的美貌、姣好的身材以及賣弄性感。

她坐在綠色的地毯上，象徵著草地，後面幾棵假蘋果樹，天使小孩們或坐或躺或吊在半空中，展開一雙羽毛翅膀，地上有許多假的小草，還有可愛的彈簧搖頭娃娃，等等會隨著音樂一起擺動。

女星手上拿著蘋果汁，廣告主題。

「現場維持安靜喔!」

剎時間，整個地下室所有人都噤聲，不敢發出任何一丁點聲音，深怕影響收音。

導演喊出「Action!」時，現場音樂切下，播放出一首音調極其輕快的樂曲，孩子們依舊玩自個兒的，女星則在電風扇輔助下展現出輕鬆寫意的神情，接著她得捧著蘋果汁對鏡頭笑。

噠・噠。

嗯？男人愣了一下，倏而抬頭——誰啊？現在在拍攝，這時下樓是找麻煩嗎？

就在樓梯旁的他趕緊探頭往上看，「噓！」

連噓都不敢太大聲，但是從欄杆間穿出頭的他，卻沒看到誰在鐵梯上徘徊。

咦？怪了！他剛剛眞的聽見有人下樓啊，聲音不大，腳步很輕，但眞的就是步下的聲響啊！

狐疑的把頭縮回，忍不住搔搔頭，他才幾歲，怎麼會聽錯？

導演的鏡頭移動著，女星正在倒蘋果汁，收音收得清楚，那果汁盛入杯裡的聲音。

噠，噠噠。

可惡！男人確定眞的有人步下了，回頭的瞬間，聽見更加急促的奔下聲——噠噠噠噠——

但是，沒有人。

「卡——」遠方傳來氣急敗壞的聲音，「是誰上下樓？」

是啊，男人怔然的站在原地，他回首瞪著那鐵梯，他剛剛就看著呢，足音急促，慌亂的由上而下。

但是——誰？沒有人啊！

「小張！」女人上前，「你在幹嘛？」

「嗄？」張佑裕回首，見著無數雙銳利的眼瞪著他，「不是我啊！我沒有……我也是聽見有腳步聲才回頭看著！」

「搞什麼啊！拍攝中禁止出入啊！」助導怒從中來的喊著。

「就不是我啊！我剛剛就在這裡了好嗎！」張佑裕趕緊向旁邊的同事求救，大家立刻幫腔，說他一開始就站在這兒了，眞不是他。

但根本沒人聽，髮妝師上前重新幫女明星整理髮妝，現場重新架設。

幾個同事拍拍他的肩，大家都知道不是他，這導演脾氣差也是眾所周知的事，暫時忍著點吧。

「我……」張佑裕的確滿腹委屈，但他更掛心的是……

再度向右回頭，那深藍色的鐵梯上方，適巧有道燈打下，打著梯面亮而泛白，沒人走下來、沒有影子，但是眞的有人「在他面前下了樓」。

驀地打了個寒顫，他不安的趨前，就算覺得哪裡怪怪的，他還是想知道究竟哪邊出了問題。

重新靠近樓梯，站在樓梯下方，一片片鐵板安穩的在那兒，抬頭向上看，禁止下樓的牌是他立的，依然好端端的在那兒，沒有絲毫移動。

究竟是……他眼神盯著與視線一般高的鐵板梯面，汗毛直豎。

鐵梯是一塊塊板子鋪設成的，所以每階樓梯板間有著偌大的縫隙，他可以感受到，樓梯下方裡頭那黑暗中，有個人。

身高比他矮上許多，但是視線扎人，根本就是隔著這層層梯板，在另一端與他相望。

張佑裕嚥了口口水，不不，他沒有想跟「對方」相望的意思，他僵直身子站著，想著該怎麼樣避開那個眼神，假裝那邊沒人存在。

那邊不該有人存在，樓梯下方堆滿了物品，那是他負責的，下方的空間豈能不運用，塞得滿滿的，根本容不下任何人——那麼，現在塞在那裡、看著他的東西是什麼？

『嘻。』

隱約的笑聲傳來，張佑裕倏地向左別過了頭。

沒看見沒看見沒看見，他什麼都沒看到，他邁出僵硬的步伐，略往十點鐘方向看去，不敢多看樓梯一眼，不在乎那邊有什麼，遠離樓梯旁就好。

「張佑裕！」同事迎面走來，「你遠離樓梯好了，不然等等導演又找你麻煩。」

「好！當然好！」他汗涔涔的回著，求之不得。

拍攝現場一切就緒，導演再度準備重新開始，音樂再度響起，充斥在這個空間裡，女星再次演出。

而張佑裕祈禱著，不要有人再踏上那鐵板樓梯，千萬不要……

叩。

這聲音很輕，輕到導演不會發現，但是離樓梯最近的張佑裕還是聽見了，他告訴自己不要回頭，絕對不能回頭。

即使他的眼尾餘光，已經看見了小小的膝蓋。

有個人，單膝跪在樓梯上，他甚至可以知道那是個孩子，因為小小的手握著鐵欄杆，完全進入他眼尾的視線範圍中。

『嘻嘻。』這次笑聲清晰極了，就在他右耳畔響起。『來抓我啊！』

來抓我啊!?張佑裕瞪圓了雙眼，下一秒，那身影跳起身，砰砰砰砰的往樓上奔去──『來抓我啊──』

「卡──又是誰!?」

前方的怒吼已經不再能影響張佑裕，他雙拳緊握，緩緩的回頭往依然空無一人的樓梯看去。

「到底搞什麼!?是誰在跑!?」

「是能不能叫人守在上面，不許任何人下來?」

沒有人下來，也沒有人上去啊……張佑裕很想這麼說，但是他說不出口。

「張佑裕，你上樓去好了，別讓人下來。」同事湊近他耳邊，「反正你上去了，也算交差了事。」

張佑裕點點頭，「好。」問題是他不想上去啊!

他並不想去「抓他」!

走上樓梯的步伐沉重，因爲剛剛「那個孩子」已經奔上樓了……他不想讓「那個」以爲他們眞的要玩什麼你抓我、我抓你的遊戲啊!

樓下哭聲驟起，吊在半空中的孩子受不了了，又哭又鬧。

哭泣像是會傳染似的，歇斯底里的哭聲漫延，其他孩子也跟著哭了起來。

張佑裕只覺得好冷，打從這個廣告開始架設起，他就一直覺得不對勁……但這種事不能說也不好說，說不定是自我意識過剩。

有人說孩子最能感受到一些怪事，那幾個小孩一到現場後，好幾個都無法安生，說不定正是如此。

踏上樓梯，看著樓下父母們忙著抱過孩子安撫，他帶著不安與恐慌，還是走上了一樓。

「拍個廣告怎麼這麼難啊！等等拜託不要再有人跑樓梯了！」

「媽媽們！保母們！麻煩讓孩子在最短的時間靜下來啊！」

哭聲此起彼落，現場唯有蘋果樹下的孩子最乖了，靠著蘋果樹靜靜的坐在那兒，乖到他眼睛都沒眨過，也沒有人注意到。

乖到其實他手中的蘋果是卡在肚子間，小手根本沒握住，也沒有人注意到。

乖到……

咚……肚子上的蘋果滾了下來，一旁正在整理現場的工作人員伸手撿起。

「你最乖了，就這樣乖乖的喔！」隨手把蘋果再度塞回小孩的雙手間，抱起道具箱轉身離開。

乖到他紅潤的臉頰其實早已褪成慘白，也沒有人知道。

第一章
廣告首播

女孩從皮夾裡拿出集點卡時，童胤恒其實有點呆愣。看她跟獻寶似的，眉梢眼角盡是得意貌，挑起的嘴角帶著自豪，因爲這張集點卡可是她親手設計的。

「這……」童胤恒反覆看著手上的集點卡，有點哭笑不得。

磚紅色的紙卡上印刷特殊字體，正中央是上五下五、一共十格的集點處，更別說還有專屬印章蓋印，除了蓋章的方格外，其他部分都以護貝處理，相當講究。

卡片上頭白色的字體顯眼，寫著：「都市傳說集點卡」。

「這什麼東西啊？」簡子芸抽過紙卡，「妳做的？」

「嗯！」汪聿芃非常認眞的點頭，忙不迭的拿出自己的印章，「我還去刻了個印章，每遇到一個都市傳說，我們就可以蓋一點。」

康晉翊張大了嘴，望著汪聿芃不知道該說什麼，集點？集都市傳說？

「上次在社辦哭著說花子很可怕的不知道是誰厚？妳還想集點？」康晉翊接過簡子芸遞來的集點卡，「還自己刻印章喔，都……喂，爲什麼妳有兩點？花子算兩點嗎？」

汪聿芃搖搖頭，「我遇過兩次了，兩點。」

「兩次？」童胤恒蹙眉，旋即開朗，「對，妳在如月車站裡見過夏天學長。」

「是啊，我理所當然兩點……等等。」她一頓，揚睫看向童胤恒，「應該三點的，我們兩個都遇過血腥瑪麗啊！」

語畢，她即刻坐下來，專注的蓋上她的第三個章。

簡子芸不可思議的瞄向童胤恒，「現在是怎樣？連遇到都市傳說都要集點嗎？」

「我看她做了十格。」康晉翊蹲下身子，隔著茶几望向她，「汪聿芃，我不知道妳是夏天教的耶！」

只見汪聿芃抬頭，用困惑的眼神直視他，「夏天教？那什麼？」

「就……一種對都市傳說過分狂熱，一心一意只想遇到各種都市傳說的教派。」康晉翊都不知道自己在說什麼。

「我沒有啊！我只是想收集。」汪聿芃面無表情，說得實在太誠懇，「我不想追求，但是遇到的話可以收集一下嘛！」

嗯，童胤恒點點頭，「果然夏天教！」

「我不是！」汪聿芃抬起頭，什麼夏天教啦！

「怪了，我記得高中時妳不是這個樣子啊！妳不是說什麼……什麼凡事都有解，不一定什麼都是都市傳說！」童胤恒還記得那時的她對都市傳說並不熱衷，甚至還有點懷疑！

汪聿芃聳聳肩，「但是我遇到血腥瑪麗了，又遇到夏天學長，之前又跟花子見過面，嗯，所以我知道都市傳說是存在的。」

「好好，妳知道就好，還做集點卡……」康晉翊搖搖頭，「妳知道我現在想起花子的事件，可是後怕的咧！」

「我倒還好，我只擔心……」簡子芸走到桌邊，看著堆成山的入社申請書，「擔心這應接不暇的新社員……」

花子事件後，「都市傳說社」再度崛起，又成爲社團中的當紅炸子雞，只是康晉翊理智冷靜，他不想貿然的收這麼多新社員，當年的都市傳說社不也曾如此炙手可熱！何以現在他們卻在這舊社團的鐵皮屋中？

那便是因爲眞心喜歡都市傳說的人占少數，多半都只是好奇或是湊個熱鬧而已，所以他不想重蹈覆轍，可他也不拒絕這些想入社的人，只是在社團的制度下加分了組別，能參與中心事務的爲各組組長爲主，這樣好管理得多。

社辦他也不想搬，這兒安靜清幽、小而簡樸，更令人覺得自在舒服。

「要怎麼篩選組長也是個問題，這麼多人想入社，一定都想要知道花子的事，或是跟著我們……嘗試遇見都市傳說！」童胤恒有點爲難，「其實我們並沒有非

常想一直遇到都市傳說。」

「所以多半都是看熱鬧居多，真的遇到事件時，就怕跑得比誰都快。」康晉翊就是在煩惱這個，「我也是在思考該怎麼選擇能參與中心事務的人。」

「用這個啊！」

沙發那兒傳來清亮的聲音，汪聿芃高舉著她的精美集點卡，端滿微笑對著他們。

康晉翊、童胤恒與簡子芸紛紛回頭，看著她手裡的卡不明所以。

「用集點卡幹嘛？」

「這還不簡單，既然想要真正喜歡都市傳說的人，那就集點嘛！」她說得太自然了，「集滿十點，就可以正式入社，你們覺得怎麼樣？」

「……」

三個人一時說不出話來，那張卡如果集滿十點，不知道還沒有命入社啊！

「妳知道強者如夏天學長他們，也不過集了十二點嗎？」簡子芸面有難色，「而且每次都負傷！」

「小靜學姐還好幾次影響到出賽！」康晉翊不忘提醒，「他們那種等級都傷痕累累，要是我們喔……」

「要是能集十點還活著入社，他自己就可以當傳說了好嗎？」童胤恒走向汪聿芃，「上次花子的事妳都忘光了嗎？」

汪聿芃依然拎著那副理所當然的眼神，將自個兒的卡轉過來瞅著。

如果能集到十個都市傳說，不就能證實眞的很喜歡都市傳說嗎！這邏輯哪兒有問題？

至於有沒有那個命……嗯，她抿了抿唇，命嘛，好像也很難自己掌控不是嗎？

「好難想，我不想了。」她放下手，把卡好整以暇的收進自己皮夾裡，「欸，你們要不要也一張卡，我可以幫你們——」

「不必！」三人異口同聲，童胤恒深深覺得他們最近默契好極了！

汪聿芃逕自在那兒咕噥，她覺得集點卡的作用不錯啊，社團當初的招募文宣不就寫著：你是都市傳說收集者嗎？就是要看看自己能集到幾個都市傳說啊！

「汪聿芃，沒事的話幫忙清掃一下！」簡子芸就是看準了她沒事，社團內外環境還是要打掃。

雖說他們現在座落在這小小鐵皮屋裡，但物品也不少。

鐵皮屋是舊社辦，「都市傳說社」現在位在陳舊的角落。

這兒現存的社團數量非常少，幾乎都是需要大場地的社團，長方鐵皮屋只有一邊是社團，其餘全是空地；分屬給熱舞社、話劇社及演辯社，最後就是他們，「都市傳說社」。

八坪大小，茶几、沙發、一張辦公桌，其他都是椅凳，但也已經足夠。「都市傳說社」進門後便是接待空間，具有沙發茶几電視，都是以前輝煌時期購入的，但是爲了讓社員及「事主」能有舒適的空間談話，康晉翊決定還是要保留。

接待處是個正方型，中間有架子意思一下相隔，裡面那塊就是「辦公處」，只有兩張像辦公桌的桌子，一張對著門口的社長桌，以及與其呈九十度、落於右方的副社長桌。

他們身後的牆上都是架子，擺了不少雜物，還有許多塑膠椅凳及折疊桌。至於社團的「紀念物」，個個都是鎮社之寶，萬萬不可丟，像假人模特兒、都市傳說社的招牌，還有簡子芸整理好的社員檔案，每項都分門別類的擱在鐵櫃裡。

爆增的社員讓他們費神，社團容納不下這麼多人，也不希望最終是看熱鬧的居多。上次花子事件後，讓康晉翊深深瞭解到，如果再遇到都市傳說，需要的是腦子清楚……他忍不住偷瞄了拿著掃把的汪聿芃一眼。

或是腦波頻率不一般、但是能找到癥結點的人。

汪聿芃真是個妙咖，平常都不知道她在想什麼，大家在說東時她可能在思考西，但就是能發現常人不易察覺……或根本不會留意到的地方。

廁所裡的花子，也是靠她非地球人的觀察力才破解的。

花子啊……康晉翊忍不住打開社團的記事本，敏銳細心的簡子芸已經把事件始末都寫上去了，一個廁所裡的小花子，折了好幾條命，或慘死或精神錯亂，還挖出幾十年前的無主案，甚至還有……一個道貌岸然的老師，卻有著令人作嘔戀童癖，甚至從小性侵自己親生女兒的醜聞。

不過，花子把問題都解決了，那個夜夜哭泣喊救命的女孩，終於掙脫了自己父親的魔掌。

「各位各位——」人還沒到，聲音就先到了，男孩狂奔而入，還差點撞上在門口擦招牌的汪聿芃，「嗨！芃芃！」

唔……芃芃？童胤恒一陣雞皮疙瘩，到底是怎麼叫得出來這暱稱啦？

只見科學驗證社「前社長」蔡志友火速衝進來，手裡還揚著手機，「你們知道嗎？劉秀玲死了耶！」

幾個學生頓了幾秒，開始交換眼神。

「誰？哪個名人嗎？」

「聽都沒聽過啊……」康晉翊一臉困惑，動手翻著桌上的月曆，「是我們學校的月曆美女嗎？」

童胤恒倒是倒抽一口氣，「劉秀玲！那個狼師的……師母！」

「厚對啦！總算有個記得的！」蔡志友打趣彈指，「就小月她媽啊！」

「聽起來有點像在罵人……」童胤恒搖頭，「等等，你說她死了？怎麼回事？」

啊啊，劉秀玲，簡子芸想起來了，一般他們都是叫師母，倒是沒有仔細去記她的名字。

廁所裡的花子挖出了幾十年前，在A大還是A專時，那偏遠處小廁所發生一件孩童姦殺命案，屍體殘缺不全，摔爛在裂開的瓷製便盆裡。幾十年後，因爲花子找到當初的凶手「們」竟個個爲人師表，主謀的戀童癖老師甚至娶了以前姦淫的少女爲妻，等生下女兒後，再繼續對女兒出手。

從小受到侵害的女兒試圖逃離父親，所以選塡離家甚遠的A大唸書，卻碰上都市傳說：廁所裡的花子。

因爲花子的傳說中，有一個版本跟這小月的遭遇極爲類似，或許引起花子共鳴，或許花子只是單純討厭那些狼師，也可能……是當年死在這裡的學生，跟花子成了好朋友。

反正都市傳說是沒有理由更沒有原因的，總之，花子解決了當年涉案的狼師們。

而令人難以想像的是，小月的母親，正是那位侵犯自己女兒的戀童癖老師的老婆，有著極大包容力的師母，劉秀鈴，不僅沒有阻止丈夫傷害自己的女兒，甚至還恨自己的女兒搶走了丈夫，根本是另一種變態典範。

「新聞沒有多著墨，只說她在家暴斃！」蔡志友滑著手機，「應該是自殺，追隨最愛的丈夫而去。」

「自殺啊……」康晉翊回想了愛老師到瘋狂的師母，「她能不能算斯德哥爾摩症候群啊?怎麼會有人愛上強姦自己的男人?」

「應該也算吧，只是她們被侵犯時都是孩子，聽話照做，犯人又是老師，有可能產生某種依賴感。」簡子芸只有嘆息，「我看得出師母非常非常愛那個變態，追隨而去也不是不可能。」

「問題是溺死耶，現在誰會選這種方式?」蔡志友倒是覺得不可思議，「照

片拍出來她家還沒浴缸，是在洗臉盆裡溺死的嗎？」

什麼!?童胤恒詫異的湊到蔡志友身邊一瞧，手機裡的照片眞的顯示出是乾濕分離的簡易型浴室。

這是要怎麼溺死啊？

「說不定是馬桶喔。」汪聿芃悠哉悠哉的走進來。

童胤恒一顫身子，「馬桶……妳說的好像……」

「是花子吧。」汪聿芃平靜的說著，「我怎麼樣都覺得是花子。」

「媽呀！」康晉翊搓著手臂，「事情不是都結束了嗎？爲什麼還提花子啦？」

簡子芸也跟著打寒顫，「妳這麼說是……花子出現在她家浴室嗎？」

只見汪聿芃輕笑起來，「哎唷，你們怎麼了？她不就是本來就待在廁所裡嗎！」

只要是廁所，都可以有花子不是嗎！

「停——」連蔡志友都伸直手臂喊停了，「妳這樣說我會毛，我們可是天天都得上廁所的。」

童胤恒輕嘆口氣，很糟糕的是，他同意汪聿芃的說法。

「怎麼這麼熱鬧？」門外竟又出現其他社員，藍紫色頭髮的男孩一看見蔡志友忍不住皺眉，「喂，你來做什麼!?」

「呃……」蔡志友錯愕著，「我不能來?」

「馬的！你這科學驗證社的滾啦，不是什麼都要用科學檢證嗎！來我們都市傳說社幹嘛?」小蛙二話不說扔下背包，就直接往蔡志友這邊衝來，「我看見你就有火，走開！」

童胤恒趕緊擋住小蛙，「他都入社了，已經不是科學驗證社的人，你是還在氣什麼?」

「天曉得他在想什麼，是不是來做臥底的?最好有人轉性轉這麼快啦！」小蛙張牙舞爪，直想衝上前拽出蔡志友。

蔡志友實在很爲難，他不知道該怎麼解釋，小蛙才能夠釋懷。

花子事件時，好吧，不過十天以前，他還是「科學驗證社」的社長，主張破除所有怪力亂神之說，凡事都可以科學驗證；原本他是不碰「都市傳說社」的，但是有老師跟主任授意他們應該要找「都市傳說社」驗證他們在網路散播的「謠言」，盛傳學校廁所有花子，讓學生們個個人心惶惶，應該要破除才對。

老師是軟硬兼施的鼓勵兼威脅，原本一直不跟「都市傳說社」對槓的他還是決定衝了，因爲他對都市傳說也是半信半疑，所以公開直播挑戰「都市傳說

社」，還一間間廁所驗證，不過後來的結果讓他們嚇得魂飛魄散。

花子始終存在，與他或許僅有一層薄薄的門板相隔，他還在那邊志得意滿的說沒有花子。

總之，科學驗證社大敗，而他卻深深的爲都市傳說折服，立刻辭去社長一職，轉而加入了「都市傳說社」。

只是，之前挑釁的嘴臉太難看，讓小蛙氣忿難平，小蛙的個性本來就比較衝，要突然看蔡志友順眼也有難度。

「小蛙，他已經向我們道歉了啊。」康晉翊這才緩步走出，「他當時也是被老師他們蠱惑，別怪他。」

「蠱惑個屁！你看他那時多想要打趴我們社團咧！幹！」小蛙又想往前衝，隔著童胤恒朝蔡志友比中指。

「我那時是很想啊，但是我聽見花子回答後我可就不敢了！」蔡志友是個相當圓滑的人，雙手合十的朝著小蛙眨眼，「同學，我現在眞的很喜歡都市傳說，可以考慮接受我嗎？」

「免談。」小蛙根本秒答。

唉，童胤恒推著小蛙到沙發上坐下，都是一個社團的人了，成天這麼劍拔弩張的也不好，幸好只是時間的問題，應該過一陣子就沒事了。

蔡志友其實還帶了一群科學驗證社的社員一起投靠，只是康晉翊嫌人多，目前只讓蔡志友一個人正式入社而已。

「陳偉倫呢？」童胤恒隨口提起，陳偉倫跟他同系，之前一天到晚叫他去打系籃，想不到竟也是科學驗證社的一員……不過也叛節了啦。

「誰？」蔡志友聽不懂。

「……算了。」他之前是社長，科學驗證社規模也不小，不認得每個社員屬正常。

「啊啊，你同學那個對不對！」蔡志友擊了掌，「我最近沒看見他啊，他說又不能正式入社，還有點失望咧！說你在裡面也不幫個忙。」

「他看到我只會叫我去打系籃賽，我才不要。」童胤恒沒好氣的唸叨著。

「系籃啊……」蔡志友打量了童胤恒，「欸，你的身高可以耶！」

可以耶……童胤恒搖搖頭，他以前是校隊的好嗎！只是上了大學，不想再花時間在練習跟比賽了，當初決定高中一畢業，就不再參加任何球賽。

汪聿芃放好掃具，走到小蛙身邊，不太高興的抓住背包帶子，誰讓小蛙坐在她包包上。

「噢，抱歉抱歉。」小蛙隨口應著。

「你坐到人家東西屁股不痛的嗎？」汪聿芃不太高興的打開包包檢查著。

「還好啊，又沒什麼東西！」小蛙兩手在螢幕上打著電動，心不在焉。

童胤恒趕緊推推他，這件事是他錯，還這麼蠻不在乎的！小蛙一時還有點不解的抬頭看著右邊的童胤恒，見他使著眼色往右邊去，汪聿芃果然毫不遮掩的瞪著他。

「唉唷，好啦！就不小心的嘛！妳背包幹嘛放在沙發上啦！」話鋒一轉，怪起她來了，「沙發是拿來坐的，不是給妳放東西的啊，我——」

「下次我要在裡面放針。」汪聿芃冷冷撂下一句話，哼的別過頭。

嗤！小蛙嗤之以鼻的用鼻孔笑著，正首繼續打他的線上遊戲。

大概只有童胤恒覺得有點緊張，他覺得……她眞的會放。

汪聿芃再度從背包裡取出皮夾，自皮夾裡抽出那張親手製作的集點卡，認眞的轉身朝蔡志友走來。

「你跟陳偉倫說，如果啊……」

「不必說！沒有沒有！」童胤恒跳了出來，擋在汪聿芃面前，「同學！沒有集點換入社這件事好嗎！社長沒有同意的！」

汪聿芃兩手都掐著集點卡，抬首看他時還一臉委屈咧。

「汪聿芃，如果妳堅持的話，下次開會試著提提看臨時動議好了。」簡子芸非常明理，「讓大家用表決的方式。」

正常的人應該都不會同意的吧！康晉翊瞥了簡子芸一眼，眞是個聰明的女孩。簡子芸也注意到他的注視，略挑了眉，一切盡在不言中。

沒聽到頭也不知道尾的蔡志友有點莫名其妙，集點入社是什麼東西？不過他這時候來，是因爲有更重要的事！

「我可以開一下電視嗎？」他跑到社長辦公桌前客氣的請求。

「你到我們社辦來看電視？」康晉翊瞇起眼，不爽之氣立刻散發。

「不是啦，今天是Mio的廣告首播耶！」蔡志友亮著雙眼，「Mio，十點鐘……」喔喔喔！這下不只康晉翊亮了雙眼，連小蛙都停下玩電動的動作，童胤恒立即上前主動拿過遙控器，即刻打開電視。

簡子芸沒好氣的翻白眼，邊搖頭邊看著丈二金剛摸不著頭腦的汪聿芃，看吧，果然只有她們兩位女性不爲所動。

Mio，是現在炙手可熱的新國民女神，長得可愛清純，卻有對傲人巨乳跟纖腰圓臀，完全是男人們心目中的女神。

基本上簡子芸在想，可能頸子以上差強人意，只要有D罩杯以上的雪白渾圓巨乳，就可以當女神了。

男生們全都聚集在電視前，汪聿芃皺著眉搞不懂他們在說誰，只是默默的捏著她的集點卡。

「十點嗎？確定？」小蛙興奮的問。

「開玩笑，我是Mio俱樂部的鐵粉！」蔡志友得意得很，「十點廣告首播，蘋果汁的廣告。」

十點整，果然畫面一跳，進入了唯美的廣告。

輕快的音樂響起，微風拂面，吹著女孩的一頭烏黑長髮。美麗的女孩有著吹彈可破的肌膚，頭戴著桂冠，穿著如希臘神祇般的白色衣服，低胸爆乳，身後是可愛圓潤的小天使們，有人在半空中手晃腳踢，有人坐在地上呆呆的，也有人趴在地上啃地毯，還有輕靠在蘋果樹旁的。

地上有許多搖頭娃娃跟著搖頭晃腦，特寫蘋果落下，女孩接住蘋果，啃咬了一大口，露出甜美好吃的模樣。

接著古靈精怪的眼珠轉了轉，鏡頭帶到她俏皮得像是想到什麼，再帶到腳邊的蘋果汁，她盛入杯中，優雅的啜飲。

從頭到尾沒有一句台詞，全數只有畫面與動作，讓人們融化在輕快的音樂與國民女神迷人的丰采中。

「噢……」四個男人看得如痴如醉，「Mio好正喔！」

「怎麼有這麼正的夏娃！」

簡子芸站在一旁，看著間隔一個廣告後，蘋果汁廣告再重播一次。

「這是賣蘋果汁還是賣牛奶啊？」胸部都快彈出來了！

「嘖！」蔡志友跟小蛙超有默契的異口同聲，一副妳懂什麼的模樣！

眞漂亮。連童胤恒都泛起笑容，頭髮手指美貌……當然還有胸部跟那雙長腿，Mio眞的超正的。

旁邊有人上前一步，逼近電視螢幕幾步，又歪頭又皺眉的，一副沉思的模樣。

「喂！汪聿芃！」康晉翊嚷著，「妳擋到電視了啦！」

「廣告都沒了擋什麼擋！」簡子芸說話時廣告剛巧結束，四個男生哎唷的異口同聲。

「怎樣？妳也覺得Mio很正吧？」蔡志友笑嘻嘻的問著汪聿芃，「那臉蛋那身材都不是妳們可以媲美的……」

童胤恒默默的用手肘撞他一下，現在是誰有想跟Mio比啦！他說這話也太不恰當了……不見簡子芸已經瞪過來了。

「我有說要跟她比什麼嗎？」她果然不高興的走向他們，拿起遙控器直接關掉電視，「拜託，這裡是都市傳說社，不是讓你空堂拿來看電視打發時間的！」

康晉翊趕緊站起遠離蔡志友，一副撇清關係的意味，童胤恒沒這麼明顯但也緩緩站起，表示他們絕對不是一國的，小蛙早就到一旁去假裝忙碌，拿汪聿芃擦到一半的抹布幫忙清理櫃架。

「妳幹嘛？」童胤恒走向依然站在電視螢幕前的汪聿芃，她又開始怪怪的了。

「剛剛……你不覺得哪裡怪怪的？」她很認真的指向已經全黑的螢幕。

「哪裡？」童胤恒滿腦子依然只有Mio那巧笑倩兮的容貌啊，哪有什麼怪怪的？

嗯……汪聿芃再度低首不語，又陷入自己的世界中，童胤恒通常不會管她，現在她的天線對到宇宙去了，跟地球無法接通，所以只消讓她獨處便是。

蔡志友摸摸鼻子，滑開手機，果然Mio後援會的粉專都在討論剛剛那支廣告把Mio拍得多好，特色跟美麗全都捕捉，誰還看得見她手裡拿著蘋果汁還是牛奶咧！

「咦？」蔡志友突然整個人跳起來，「怎麼會!?」

所有人不約而同的往坐在沙發上的他看去，唯獨童胤恒第一時間看向的居然是汪聿芃。

她的天線已偵測到什麼了嗎？

「出什麼事了？」康晉翊困惑的問著。

「Mio出事了！被刺傷！」蔡志友胡亂的抓過茶几上的遙控器，重新打開電視。

果然一轉到電視台，就是緊急插播的最新新聞——

『國民女神Mio在稍早之前突然被人刺傷，據傳傷人的凶手是電視台工作人員，目擊者指出他突然瘋狂大叫後，先取刀子自殘，爾後又拿刀子朝Mio刺去，Mio目前已經先送往醫院進行緊急縫合。』

新聞裡一陣兵荒馬亂，打馬賽克還是看得出來現場血跡斑斑，躺在擔架上神情痛苦的Mio，還有警方與記者及圍觀群眾的推擠。

『就在幾分鐘前，Mio的最新廣告才播放，與工作人員一起觀看首播的Mio一早就在等待，結果沒想到突然發生這種意外。』

「喂，你們聽說——」陳偉倫奔了進來，一進來就看見一群人圍在電視前跟著噤了聲。

童胤恒回頭瞥他一眼，他放下背包，也趕緊湊上前看著最新新聞。新聞畫面重播著剛剛的廣告，笑得甜美的女孩在音樂聲中如此清新脫俗，下一幕就置入痛苦被推進醫院的模樣。

「太誇張了，為什麼會突然傷人!?」蔡志友緊張的刷著ＦＢ，「是神經病嗎!?」

「說是工作人員耶，感覺就在旁邊！」小蛙也覺得莫名其妙，「她看起來超痛的！」

「滿地都是血啊，傷勢應該比報導的誇張。」簡子芸看著不停重播的畫面，「近距離刺殺……我突然想起去年有個日本藝人被瘋狂粉絲連砍二十八刀的事了。」

「是啊，粉絲有時都預防不了，更別說是親近的工作人員了！」康晉翊嘆了口氣，也是憂心忡忡，「嫌犯還先自殘再傷人，到底有沒有問題啊？被制伏了嗎？為什麼都沒報？」

「有有！」童胤恒突然指著跑馬燈，「剛剛閃過，說嫌犯第一時間就被其他人壓制了，情緒相當不穩定！」

「不穩定個頭啦，怎麼就可以這樣殺傷人！」小蛙怒氣沖沖，「希望我的Mio

沒事！」

正在討論，畫面突然一切，極度晃動的播放出疑似現場錄影的畫面！一個男人渾身是血的被一堆人壓制在地上，拼命的扭動著。

「該走了！我該走了——放開我！哇啊啊——啊啊啊啊——」

那是一種聲嘶力竭又歇斯底里的長嘯聲，聽得令人忍不住打了個冷顫。

「他聽起來……不太正常吧？」簡子芸忍不住皺眉。

『這是本台記者獨家取得的畫面，事件發生時的錄影，我們可以看得出嫌犯精神非常不穩定，身上有多處自殘傷痕，即使被壓制在地仍舊不停的狂吼！』

『才接下知名蘋果汁品牌代言的Mio，正式躍上一線廣告明星的行列，今天是眾所矚目的首播，沒想到同時就發生如此不幸的事件，是否人紅遭忌？但由於凶手是工作人員，是否是平日的宿怨，尚且不得而知……』

「才不會，Mio人個性這麼好！」蔡志友忿忿的說，眞是腦粉發言。

童胤恒不是Mio粉絲，單純就是因爲她人正胸大腰細所以喜歡這個正妹，正妹誰不喜歡！但不像蔡志友還是後援會的咧，果然是腦粉。

他只看過螢幕上的Mio，不瞭解她這個人，但看那凶手發狂的模樣，激動到好像巴不得把Mio殺了似的……如果是日常相處的工作人員，爲什麼會有這麼大的恨意？

眞的是恩怨嗎？還是……

「只能希望她沒事了！」康晉翊聳肩，不然他也不知道能做些什麼啊！

螢幕又播放了廣告，佔了新聞絕大部分的畫面，主播視窗變得小小一個，跑馬燈除了上方外全部都有，眼花撩亂拼閱讀速度。

童胤恒眼神離不開汪聿芃，因爲她從頭到尾都緊盯著電視，用一種不尋常的方式。

「汪聿芃，妳到底在看什麼啊？」他忍不住了，「妳是Mio的黑粉嗎？」

汪聿芃沒吭聲，甚至連瞥他一眼都懶，她嘴裡碎碎唸著沒人聽得到的話語，一副嚴肅的模樣，眉頭輕蹙，狀似若有所思。

簡子芸也望了過來，的確今天的汪聿芃怪怪……不對，她一直都怪怪的，應該說現在特別怪。

「螢幕上有什麼嗎？」連她都跟著往前了。

「該走了。」

嗯？聲音驀地從童胤恒的左手邊傳來，陳偉倫進來後，就硬塞進他跟汪聿芃中間湊熱鬧，現在卻突然迸出這麼一句……有點熟悉的話語。

「要去哪？」小蛙漫不經心的問。

「該走了。」陳偉倫重複著這句話，「該走了該走了……」

童胤恒忍不住認眞的看向他，「你在說什麼？」

『該走！我該走了——』電視裡，同步傳來重播凶手的嘶吼聲。

咦？康晉翊在某個瞬間領悟到什麼似的，瞪圓雙眼看向陳偉倫。

陳偉倫是童胤恒同系同班，平日是活潑溫和派，但現在他卻只是站著，兩眼無神的重複著這樣的字句。

下一秒，他抬起頭，用根本對不了焦的眼神，環顧了社辦一圈。

「他眼神好不對勁！」簡子芸用力彈指，「嘿，陳偉倫！陳偉倫這裡！」

陳偉倫完全沒有回應簡子芸，整個人向右轉，越過她跟康晉翊，看著他們身後的社長辦公桌，還有再後面的……窗戶？

「該走了。」他邊說，一邊往前邁開步伐，童胤恒立即伸手攫住他的手。

「陳偉倫，你幹嘛？」這麼近，連童胤恒都可以看出他的眼神放空，「你哪條神經有問題？」

只見陳偉倫一扭右肩，將童胤恒甩開，然後竟然直接像百米衝刺一般，朝康晉翊跟簡子芸衝過去！

「啊啊！」兩人嚇得分向左右讓開，好讓陳偉倫筆直衝過去！

他衝得極快，一路衝到辦公桌邊，跳上桌子，將上頭一堆文件文具全數踢散撥亂至地上，卻馬不停蹄的一骨碌拉開窗子，縱身跳了出去——

「我該走了！」

伴隨著長嘯，是大家最後聽見陳偉倫的聲音。

一屋子的人全傻在原地，大家看著開啓的窗，風刮了進來，再度將一屋子紙張吹亂，每個人緩緩的交換著眼神，像在消化剛剛發生的事情。

「那是跳樓的意思嗎？」蔡志友問得很吃力，滿臉都是問號。

「看起來很像啊，專注的朝窗戶衝去，帥氣跳下。」康晉翊擰著眉，看向童胤恒，「他是怎樣？最近壓力太大？」

「不是，這不對勁，剛剛進來時他還好好的。」童胤恒眼尾瞥向了新聞。

『我該走了！該走了——』那地上掙扎的凶嫌，說著與陳偉倫一模一樣的話。

再往左瞥去，汪聿芃依然站在那兒，用平靜無波的神情看著那扇敞開的窗戶。

「陳偉倫知道這裡是一樓嗎？」

第二章
查證

社辦鐵皮屋不但位子在一樓，後面還是滿片的花圃草地，所以陳偉倫的「跳樓」，基本就是個姿勢一百分但結果零分的動作，不過頭部著地，還是摔得他一鼻子血。

蔡志友跟童胤恒合力把他抬進來時，他還一臉茫然，後來抬進醫護室中，約莫半小時後，他才突然從床上跳下來大聲嚷著：「我爲什麼在這裡!?」

「我眞的不記得！」陳偉倫急著解釋，「我明明就跟著你們在看新聞啊，下一刻我就在醫護室了！」

「最好啦！你那英姿多完美，直接朝著我跟簡子芸衝來，跳上桌子打開窗戶，連跳樓姿勢都要帥美。」康晉翊雙手抱胸，皺著眉搖頭。

「跳什麼樓啦！」陳偉倫自個兒覺得好氣又好笑，「這裡一樓耶！」

咚，一杯擱著茶包的熱茶放在茶几上，「幸好這裡一樓！」簡子芸沒好氣的唸著。

陳偉倫看著她，感動的雙手拿過馬克杯，「謝謝副社長。」

「喂，你就眞的一點印象都沒有？」童胤恒挨在他身邊坐下，「我們跟你說話的場景、還有你衝出去？」

陳偉倫認眞的搖頭，他想了好幾遍，記憶眞的一片空白！這簡直像喝醉的斷

片，在某個時間點後的事全然不記得！

「你一直講『該走了該走了』你知道嗎？」蔡志友不太舒服的搓搓手臂，「跟那個刺傷Mio的人一樣耶！」

是啊，一模一樣。

「誰？誰被催眠了!?」門外直接衝進女孩子，連聲招呼都沒打，急著撥開小蛙跟汪聿芃，單膝跪上茶几湊前，「是童子軍你嗎？」

「還我咧，鼻青臉腫的在這裡沒見到？」童胤恒往身邊的陳偉倫一指。

「我那不是跳樓好嗎！這裡才一樓！」陳偉倫無奈的說著，好吧，還是算跳樓。

「又一個被催眠嗎？真是太有趣了！」于欣索性直接跪在茶几上，從背包裡拿出筆記本跟手機，「我可以採訪你嗎？」

眼前倏地突然塞進康晉翊的臉，「No Way！本社不隨便接受採訪！我說妳不斷跑來我社團做什麼啊？」

康晉翊一邊說一邊搖動指頭，蔡志友跟小蛙超有默契的把于欣抬下茶几。

「校刊社在社辦大樓吧，妳走錯囉！」簡子芸也冷冷的回應，「都市傳說社不隨便接受採訪的。」

後面這句是瞪著陳偉倫說的，他默默低下頭喝茶，喝茶沒事。

「嘖！」于欣一副惋惜樣，「新聞有趣啊！從一樓跳樓耶！」

「那叫笑話。」童胤恒直接打斷她，「妳剛說什麼催眠？妳認爲陳偉倫是被催眠的嗎？」

「嘿，好像是！」只見于欣壓低聲音，還一臉神祕兮兮的回頭往大門瞥去，「關門關門！」

汪聿芃默默的回身去把門給關上，所有人都朝于欣圍了過去。

「刺傷Mio的事都知道吧？」全體點頭，「行刺的工作人員在醫院醒來後，反應跟陳偉倫一模一樣耶。」

咦？眼神又落在陳偉倫身上。

「我是眞的不記得啊，我什麼都……」

「一片空白！明明站在Mio附近一起收看廣告首播，下一秒人就全身都痛得要命躺在醫院，手還被手銬銬著！」于欣說得煞有其事，「完全不認罪，不記得割傷自己，也不記得傷害Mio。」

「我聽他在放屁！現行犯不是嗎？很多人看見了啊！」蔡志友怒不可遏，「全都被拍下來了！」

「是啊，給他看監視器，他臉色慘白的說完全不知道爲什麼會這樣，他什麼都不記得，活像斷片。」于欣對陳偉倫超有興趣，「所以，你跟那個凶手一樣嗎？」

陳偉倫立刻拼命搖頭，不一樣不一樣，他只是跳跳樓，沒殺人啊！

「根本演戲啦，殺了人才在那邊裝傻，什麼忘記，怎麼可能會這麼離……譜……」蔡志友邊說，汪聿芃默默的舉起手，迸出食指，然後在他面前指向了陳偉倫。

現在，剛剛，就發生過的事情耶，一樣離譜的事情就發生在大家眼前，難道蔡志友認爲陳偉倫也是演戲嗎？

所以蔡志友把話嚥了回去，用困惑的眼神與汪聿芃對看著。

「那Mio有事嗎？」小蛙緊張的問著，男生們立即渴望答案似的圍著她。

「肚子兩刀，沒大礙，死不了。」于欣聳肩，「不過還是得休養一陣子。」

「厚……」鬆口氣的聲音同步響起。于欣輕輕莞爾，沒辦法，誰叫Mio這麼正。

童胤恒好奇的看著于欣，這也是他同班同學，做事俐落特立獨行，她還是校刊社的人——只是，校刊社的爲什麼會知道這麼多事啊？他剛剛才滑過手機，新聞還沒報導出Mio傷勢、甚至是凶嫌的細節啊！

「妳在現場嗎？怎麼說得好像妳親眼見著似的？」他瞇起眼，「現在網路上還是在說凶手該死，或是Mio一定架子很大，惹怒工作人員活該……」

「哪個王八蛋說的！」蔡腦粉又在護航了。

「欸，我有人在裡面！有認識的學長在裡面實習呢！」于欣挑起一抹笑，有點得意，「我聽說，這不是第一起例子耶！好像之前也有人自殘，只是及時被壓制。」

「不只一個？」康晉翊有些訝異，「這是怎麼回事？事情很大嗎？不然爲什麼沒報？」

「學長他很嚇好嗎！」于欣咯咯笑了起來，「整個劇組都在傳，這廣告該不會被詛咒了吧哈哈哈……」

哈哈哈……社辦裡只有于欣的笑聲，笑得她越來越乾。

被詛咒的廣告。

康晉翊嚴肅的蹙眉，他覺得好像在哪裡看過這個標題，每個字都好熟悉的感覺。他不假思索的看向簡子芸，她同樣斂著笑容頷首，這名稱眞的熟悉到不行的Fu。

「那個，」汪聿芃終於出聲了，「那妳學長有跟妳提到，關於Baby死掉的事

嗎？」

什麼!?于欣回頭圓睜雙眼，「什麼死掉的Baby?」

所有人也都驚愕萬分，那個廣告裡有好幾個小孩子，的確都是嬰幼兒年紀啊！

「廣告裡，蘋果樹下那個小Baby。」汪聿芃雙手撐開自己眼皮，「眼睛瞪這麼大，他不是死掉了嗎？」

一瞬間坐著的人都跳了起來，童胤恒全然的不可思議，「爲什麼說他死掉了？」

「就廣告裡的小孩子啊！」汪聿芃理所當然的歪著頭，「你們沒看見嗎？那個小朋友早就死了！」

簡子芸潛意識打了個寒顫，「怎麼……妳怎麼會說這個？剛剛那是廣告，廣告裡不可能有什麼……」

死人的！

「我雞皮疙瘩都竄起了。」康晉翊舉起自己的右手臂，「汪聿芃，妳說點正經的好嗎？」

「很正經啊，那個小朋友眼睛都沒眨過，而且瞳孔放大了。」汪聿芃還是堅持己見，「你們自己再刷一次就知道啦！」

她的語氣平和，聽不出任何情緒，就是在敘述一件她覺得理所當然的事。

偏偏，汪聿芃每次覺得「理所當然」的事，都只是證實她的觀察力驚人而已！

沒有人有立即反應，大家只是聽著這根本離譜到誇張的言論，最先動作的是蔡志友，滿臉的匪夷所思，但身爲科學驗證社的前社長，還是有著萬事皆得證實一下的潛意識啊！

接著每個人紛紛拿起手機，雖說廣告才開播沒幾小時，但網路上一定已經有備份了！

童胤恒仔細的再看一次廣告，康晉翊甚至衝回桌上用筆電，螢幕比較大說不定比較清楚。但他們也不知道該如何觀察一個小Baby死亡的跡象……

音樂聲起，臉頰紅噗噗的孩子們，看上去都未滿一歲，童胤恒不太懂得分辨孩子的年紀，只知道每個都好可愛，圓嘟嘟的扮成小天使的模樣，或吊著或坐著或是趴著，有幾秒的鏡頭照在孩子的臉上，然後……

啪！鍵盤聲清脆，簡子芸按下空間棒暫停，此時鏡頭正巧停在那蘋果樹旁的小孩。

他算是最豐滿的一個，斜靠在蘋果樹旁，睜著圓滾滾的大眼睛，手上也抱著顆蘋果。

童胤恒放大影像，他實在看不出有哪裡不妥。

繼續播放，那畫面不過就幾秒的時間。

「哪裡死掉啊？」于欣忍不住抱怨了，「喂，妳這樣說話很毛耶！」

「瞳孔放大了啦！」汪聿芃終於帶了點不耐煩，走向童胤恒，「沒看見嗎？他眼睛好大！」

童胤恒看著他，深吸了一口氣，「鏡頭在他身上沒幾秒妳知道嗎？兩秒？一點五秒？」

「但是他沒有在看鏡頭啊，完全沒有靈魂。」汪聿芃踮起腳尖，她搆不到童胤恒的手機，他還很好心的把手放下，任她在螢幕上滑動，「我剛也是看了好幾遍，你們不是在電視上也看了兩三輪嗎？」

「喂，一閃而過是怎麼知道有沒有靈魂啦！」蔡志友嚷嚷起來，「社長，這位通靈嗎？」

簡子芸嚴肅擰眉觀察著，懶得理會蔡志友，因爲被汪聿芃一說，她也覺得那個嬰孩怪怪的。

「太扯了啦！真的有人死掉，廣告會放嗎？」小蛙用力搖頭，他看不出所以然，「而且嬰孩拍廣告時死亡，這事情才大條吧？沒新聞啊！」

康晉翊也沒反應，手指在空間棒上按了又鬆，鬆了又按，直到最後廣告整個播畢，他抬起頭，越過半個社辦看向挨在童胤恒身邊的汪聿芃。

「汪聿芃妳眞的很怪。」康晉翊忍不住低喃著，「但是怪到我想認眞看待妳的說法。」

「我也是。」簡子芸沉重的應和，「同學，妳不是說有學長在電視台嗎？可以問問看嗎？」

蔡志友嘴巴撐大，下巴都快掉下來的驚爲天人，「喂──你們有沒有搞錯，這麼離譜的事你們也信？一閃而過的鏡頭耶！」

「汪聿芃的頻率說不定就剛好對到了啊！」康晉翊從容走來，「上次你敲門問花子在不在時，不是也覺得不可能有人回你嗎？」

此言一出，蔡志友整個人頭皮發麻，當初挑戰「都市傳說社」時，他在夜晚敲響廁所門，親切有禮的問著「花子在嗎？」，現場是一點聲音都沒有，回去播放錄影、剪輯時也毫無異狀。

偏偏在學校公開播放影片時，影片硬生生發出：『我在……』的回應。

這嚇得他魂飛魄散，一秒從科學驗證社變成「都市傳說社」忠誠份子！

「我贊成，汪聿芃不隨便開玩笑的。」童胤恒立刻看向于欣，「麻煩妳，就問問看！」

于欣全身汗毛直豎，「你們知道……你們在說一件離譜誇張到根本不可能的事嗎？」

她邊皺著眉，眼尾瞟著汪聿芃，那女孩完全跟沒事的人一樣，指著童胤恒的手機，指尖不停點著，「就這裡，他眼神很空有沒有？」

童胤恒眉頭都皺出好幾條紋了，就是看不出來，明明只是一個可愛的Baby啊！

「喂，學長……是我，你還好嗎？」于欣拿著手機到門後的角落去，「沒啦，我想問一個問題……厚！」

于欣說不出口，一邊回頭看著數雙眼睛，這到底要怎麼問啦！

「就是啊，你不要覺得奇怪，我們有同學看了廣告發現一件令人好奇的事……」于欣聲音越壓越低，「廣告裡有個靠著蘋果樹的小Baby啊……嘿，對……」

聲音小到大家幾乎都聽不見，但是為了不讓她壓力太大，再好奇也不敢靠近。

但在某個瞬間，連童胤恒都看出于欣的背影顫了一下，他默默的倒抽一口氣，緩緩向左邊看向那及肩黑髮、戴著眼鏡的女孩。

汪聿芃輕輕的勾起了笑容，彷彿知道他在看她似的，朝右上衝著他綻開笑容。

「看吧。」她用唇型說著，瞇起的雙眼裡帶著自信。

她才不胡說八道呢！童子軍說得也沒錯，她從不開玩笑，因爲她根本不知道怎麼開玩笑啊！

她看了好幾次，那個Baby就是怪怪的！

于欣不再說話，只是嗯嗯的點著頭，即使掛上電話後，卻也沒有立即轉過身來，而是垂下右肩，略放下手機，硬是凝停幾秒鐘後，才緩緩回首。

其實她什麼都不必說，大家都知道了。

蒼白的臉色，不可思議的眼神，微抖的看向汪聿芃，她無法理解，幾秒鐘的廣告，爲什麼那個怪怪的女生可以看出嬰孩的死亡。

「所以是播廣告前就知道……了嗎？」簡子芸小心翼翼的問，如果是的話眞的也未免太誇張。

于欣搖搖頭，「學長沒說什麼，他比我還驚嚇，拼命問我是怎麼知道的……」

一具屍體，竟在廣告當中……蔡志友忍不住緊緊握拳，「不管什麼時候知道的，都不該把這個廣告放出來吧？」

「對啊，我也在想這個問題！」小蛙語氣中還帶了點氣憤，「再慢發現，拍完廣告時也應該發現了吧！這樣子爲什麼沒重拍？卻繼續播放那個小Baby的版本？」

于欣搖著頭，學長沒說太多，她聽得出學長非常恐懼，而手機那邊更是兵荒馬亂。

「知道死亡還把拍攝畫面播出就眞的有問題了。」康晉翊冷靜的分析著，「但是這件事卻沒有成爲任何新聞，剛剛于欣說裡面發生過不只一次的自殘事件也沒有報出，要不是這次受傷的是Mio，會不會其實一堆事都被壓下？」

「那個學長是裡面的人，不是自己都戲稱是被詛咒的廣告了？」

「對啊！被詛咒的廣告！」汪聿芃突然清朗接口，「你們覺得是不是那個廣告？」

現在她只要出聲，大家都會有種驚弓之鳥的感覺，總覺得這呆呆的女孩每每語出驚人哪！

「那個廣告？」簡子芸有聽沒有懂，偏偏汪聿芃還一副「就那個啊」的臉！

童胤恒頓了兩秒，突然一驚，「不會吧？有過這件事嗎？」

汪聿芃用力點頭，「有啊，就在社團檔案的備份裡，郭學長有列出來！但是沒有寫清楚是什麼，我只知道是個被詛咒的廣告！」

學長？社團？備份？餘音未落，康晉翊、簡子芸全數衝回筆電旁，尤其是簡子芸，社團檔案是她在管理的，為什麼她從來沒有記住這個東西！

小蛙習慣手機作業，滑個兩頁卻發現不好找資訊，他也是自願入社的，對都市傳說頗有興趣，但是有哪個都市傳說跟廣告有關？

「我的天哪！」簡子芸不愧是負責整理資料的，很快的發出驚叫。

在未歸檔的檔案裡，是一堆沒有分類的文字，像是一種隨筆紀錄，寫著各種世界都市傳說。

「眞的嗎？」連社長到現在都還沒找到。

簡子芸用力且頻率快的點著頭，「在未分類的雜記裡，只有六個字，『被詛咒的廣告』。」

童胤恒完全沒有打算搜尋的意思，這麼多人不差他一個，他只急著走向臉色發白的于欣。

「所以眞有其事對吧？妳學長現在還在電視台嗎？」

于欣緩緩的點頭，腦子有點跟不上現實，「我說，你們搞得這好像是個……什麼都市傳說？」

「它就是啊！」汪聿芃聲音輕快飛揚，已經回身走到沙發上拎起背包了，「洋洋學長紀錄的，一定不會錯！」

厚！康晉翊用力扶額，「妳中毒很深耶！」

「對啊，妳中途加入的怎麼一副資深教友的樣子！」簡子芸抓過了外套，忍不住嘆息，「居然連我都沒有留意到這個都市傳說。」

蔡志友傻在原地，腦子裡上演過一小段的人生跑馬燈，關於才落幕的花子事件。

「爲什麼……這麼快又會有都市傳說？」他忍不住嚥了口口水，「你們不覺得……有點、有點可怕嗎？」

「有！超可怕的！」掠過他的簡子芸認眞的回應他，眼神還對著他頷首，但是她卻在穿外套。

「對！我也覺得很毛！」康晉翊緊跟在她右側，背包揹妥，「我們坐輕軌吧，還是要騎車？」

小蛙拋著鑰匙，「騎車到輕軌站吧！因爲不知道什麼時候回來！」

「于欣，妳要跟我們去嗎？不去的話可以跟妳要那個學長的電話嗎？」童胤恒的聲音就在蔡志友身後，他正在沙發邊把剛拿出來的東西又塞進背包裡。

蔡志友回首看著他，收東西收得如此俐落迅速，再往旁邊瞧，應該站在桌邊的汪聿芃曾幾何時已經消失了！

「我……」于欣依然呆站在門後，「你們現在要去哪裡？」

「看這陣丈就知道，要去電視台啊！」童胤恒語調裡帶著一絲的無可奈何，「啊，蔡志友，你負責鎖門好了！離開時把門鎖好，鑰匙在門後。」

他拍拍蔡志友的肩頭，逕自就往外走。

「喂！我也要跟！」陳偉倫急忙跟上，「至少要讓我知道我剛發生什麼事吧。」

等等……等一下！「喂——你們要去哪裡？難道你們都不覺得這太詭異了嗎？」

社辦外一眾六人回首，不約而同的用力點頭！

「超詭異的啊！已經到了令人毛骨悚然的地步了！」康晉翊說得認眞，「我載妳好了，簡子芸！」

「我雞皮疙瘩都冒出來了呢。」汪聿芃特地跑到他面前，捲起外套下的袖子以茲證實，「看！好緊張！」

「汪聿芃！妳坐我的車！」遠遠，童胤恒已往鐵皮屋正面的大出口走去了。

一群人疾步的離開，蔡志友傻在原地，這情況到底哪裡像是「很可怕」、「好詭異」或是「很緊張的氛圍啊」！

「喂！等我！」于欣奔過他身邊，急忙的喊著。

開什麼玩笑，來源是她的線人，怎麼可以錯失！就算她不否認自己手在抖，但是她還是想要去一探究竟。

現在是——蔡志友緊握雙拳，該死的他卻鼓不起勇氣跟上去啊！

花子的事情，就沒有人怕的嗎？

第三章 無止境的意外

看著眼前一整票的學生，張佑裕簡直不敢相信，他站在一樓警衛檯邊，半晌說不出話，細框眼鏡都滑到鼻梁中心了。

「于欣，妳搞什麼鬼？」張佑裕拖著于欣往前，刻意與學生們拉開一公尺的距離。

然後，汪聿芃立刻往前一大步，她怕聽不見。

于欣被拽得踉蹌往前，她也很爲難，「我在LINE裡跟你講了啊，就……同學，也都是你學弟妹嘛！」

「都市傳說社？這什麼玩意兒啊!?」張佑裕緊皺著眉，「妳知不知道現在是什麼情況？妳帶學生來這邊參觀？」

「我們不是來參觀的。」他背後認眞作答，「我們是來找都市傳說的。」

汪……汪聿芃……康晉翊伸長手知道來不及又縮回，簡子芸別過頭假裝不認識，用手肘冷不防把童胤恒往前推！

「喂——」童胤恒整個人跌出去，他錯愕的看著正前方，緩緩轉過頭的張佑裕，他正不敢置信的眼神瞪著汪聿芃。

童胤恒尷尬不已，剛剛誰推他啦？可惡！

于欣一回身就差點撞上汪聿芃，她沒料到她這麼近！「妳……妳靠這麼近幹

嘛?」

「妳居然偷聽我們說話!」張佑裕不可思議。

「我沒有偷聽啊,我只是想聽得更清楚一點而已。」汪聿芃無辜的眨眨眼,「你們站這麼遠說話,很難聽清楚的。」

站這麼遠說話,就是為了不讓妳聽到啊——童胤恒不想解釋,解釋也沒有用,尷尬的站在兩方人馬中間,瞧著汪聿芃雙手勾著自己的背包背帶,還用不解的眼神看著人家。

不解的該是對方吧!

「我不管什麼都市傳說……」張佑裕耐著性子,「我……」

「我覺得管一下比較好耶,小嬰兒不是已經死——」汪聿芃說得太自然,讓張佑裕一臉惶恐的立刻摀住她的嘴,動作粗暴扣住她的後腦杓,「嗚!」

童胤恒即刻上前,動手抓握住張佑裕的手。

為什麼這麼粗暴!他的眼神這麼責備著,扣著張佑裕手腕的力量加重,沒看到汪聿芃已經快被捏扁了嗎?

這動作讓「都市傳說社」的人全都圍上前,汪聿芃被大掌摀住嘴,狀似痛苦,她明顯的漲紅了臉,顯得呼吸困難!

「學長！」連于欣都不敢相信的拽拉學長的袖子，「她快窒息了啦！」

「這裡都是記者，有必要鬧大嗎？」康晉翊沉穩的開口，言下之意是：他們會鬧大喔！

因為Mio的事件，電視台一樓根本是記者聚會了吧！

「噓……」張佑裕略為鬆了手，但只是略鬆，便連拉帶扯的拖著汪聿芃往裡頭走去。

唔……唔唔！汪聿芃真的是被硬拽拉著行動，她連正常走路都沒辦法，兩隻腳打架似的拐著，要不是童胤恒在旁邊撐住她，只怕她已經直接撲倒了。

張佑裕慌亂的帶著他們往裡頭走去，避開了記者，進入管制區的電梯裡，直到電梯門關上的那刻，童胤恒便不客氣的扯開他的手。

「呼——」汪聿芃大口的吸氣，雙眼發直的瞪著電梯上白炙的日光燈，「呼呼……」

「汪聿芃，妳沒事吧？」簡子芸趕緊上前，看著她漲紅的臉，「也太粗魯了吧，她臉上都是你的指痕！」

「我、我就緊張啊！」張佑裕絞著雙手，這才趕緊向汪聿芃用力鞠躬，「對不起！我剛剛真的太害怕了！有沒有嚇到妳？」

汪聿芃終於闔上雙眼，重重的吐了一口氣，「沒有人生跑馬燈啊！」

嗄？一電梯的人瞄過去，小蛙直覺看向童胤恒，現在芃芃又在說哪國語言？

「只是摀著嘴又不是要掐死妳，爲什麼會有人生跑馬燈!?」童胤恒推了她一下，暗指他旁邊仍彎著腰的張佑裕，做點表示啊！

喔喔，汪聿芃看著依然九十度道歉的張佑裕，泛起微笑，索性蹲下身子，把臉塞進彎著身子的張佑裕眼簾。

「所以那個Baby眞的死掉了喔？」

喝！張佑裕驚訝一睜眼，就看見某張小臉塞在眼前——「哇啊！」

他嚇得魂飛魄散跳起來，整個人往後撞，咚隆的撞得整個電梯晃動，簡子芸趕緊拉起汪聿芃，她又在幹嘛啦！

叮，電梯抵達三十七樓，張佑裕驚魂未定的領著他們走出電梯外。

電梯外亦是繁忙的大廳，一堆人來來去去，腳步急如星火，或跑或競走，感覺得出氣氛緊繃；所以一步出，張佑裕又推著大家到電梯左邊的死路去，避開其他人的耳目，也不至於影響到別人。

「爲什麼妳會知道這件事?」張佑裕是抓著于欣問的。

于欣兩顆眼珠往右邊瞟去，汪聿芃也非常懂事的半舉起手，「我看廣告時發現的！」

「怎麼可能!?」張佑裕用氣音吼著，「鏡頭已經很少了，怎麼會有人發現!?」

而且，十點才播出第一次的廣告而已不是嗎？也才……他慌亂看著電梯上的時鐘，下午三點啊！

「瞳仁放大，而且沒有生氣。」汪聿芃也學他，小小聲的用氣音說，「他死掉了。」

張佑裕有些不支的往後踉蹌，康晉翊順勢上前抵住他的後背。

「學長，我先不問為什麼有小孩死了還繼續放他的廣告，我想問的是……這支廣告到底出了多少事？」

張佑裕側首，瞪圓眼看著康晉翊。

童胤恒跟小蛙趁機也逼近一步，他們巧妙的將張佑裕圍在了中間。

「扣掉上午的刺傷案，聽說還有別件傷人或自殘案是嗎？」簡子芸不急不徐，「第一件是Baby猝死，再來呢？」

「Mio被刺傷時，你在現場嗎？」童胤恒也壓低了聲音，「你覺得凶手說他不記得是真的還是假的？」

小蛙更不客氣的搥了張佑裕的胸口一下，「學長，你一定知道什麼的啦！你

臉超白的！」

何止臉色慘白，張佑裕簡直是汗涔涔，汪聿芃非常貼心的抽出面紙送上前，還微笑對著他說請用。

「于欣！」他把錯怪在于欣身上，這些事他只跟她說過啊！

「不必怪她吧，你自己只說過不只一件，Mio的事原本就是新聞，小Baby的事呢……」童胤恒拍拍汪聿芃的肩頭，「是我們自己看見的。」

「我！」汪聿芃圓著雙眼再加強一次，是我喔！

「好啦好啦！很自豪的咧！」小蛙搖搖頭，「你不覺得奇怪才奇怪，就是因為奇怪所以我們才來。」

「繞什麼口令啦！」康晉翊略推開小蛙，「學長，我們是都市傳說社。」

張佑裕有些戰戰兢兢，「我、我知道……」

「我們是來幫你的。」簡子芸劃上專業笑容，「如果這是都市傳說的話，事情說不定……我是說有可能啦，還沒結束喔！」

張佑裕臉色一青，幾乎都要腳軟了，「什什麼叫叫……還沒結束？」

「你自己都說了啊，學長！」童胤恒大掌驀地按住張佑裕肩頭，他也看出來這位學長其實膽子不大，「這是個被詛咒的廣告啊！」

「被詛咒的廣告，」汪聿芃直接逼近張佑裕，「是個都市傳說喔！」

都市傳說！張佑裕驚恐的瞪大雙眼看著眼前的女孩，她略帶可愛的清秀臉龐，還有那雙眼裡帶著的期待值。

他知道都市傳說。

A大的「都市傳說社」兩年前是多風光啊，上了幾次新聞，電視台也曾搭上風潮做了都市傳說特集啊！

但是對於這種東西，誰都是半信半疑的，但是現在他們卻來告訴他——那個廣告是都市傳說？

「你們是幹什麼的？」

一個尖細帶著不悅的聲音從後面傳來，所有人不約而同的回身，看著穿著襯衫牛仔褲的女人，一臉不爽的打量著他們。

「製、製作！」張佑裕瞬間緊張起來，繃起身子，「那個……那個他們是我的學學弟妹，就我們同個大大大學……」

那是重點嗎？童胤恒斜眼瞄著張佑裕，這個學長連話都說不出來了。

「現在什麼時候了！你帶人來亂什麼？」女人用氣音帶衝上前，「現在是參觀的時刻嗎？」

「我們不是參觀，我們來幫忙的。」康晉翊趕緊接口，「我們是都市傳說社，A大的都市傳說社！我想您或許有聽過。」

都市傳說社？女人一顫，這名字有點久了，之前正夯時她親自做過專題節目啊！但已經很久很久沒聽過這種事了！

「我知道你們現在正忙得焦頭爛額，我們猜想說不定一連串的事件跟都市傳說有關。」簡子芸再加強心針，「有個都市傳說，就叫被詛咒的廣告。」

女人瞪圓眼，「那跟我們的廣告有什麼關係？我們是最近才拍的，你們說的都市傳說……」

「裂嘴女也是隨時出現啊，如月車站說不定妳晚上回去搭車就遇到了。」童胤恒誠意分析，「再說像前幾年的試衣間，很多人進去就沒出來這種事……」

女人默默倒抽一口氣，這些新聞她都知道，每一則她甚至都討論過，問題是那些都市傳說是始終存在的，他們的廣告是上個月才拍完的好嗎！

這怎麼可能——

「小Baby死掉了啊！」汪聿芃眨眨眼，「拍攝中這是最奇怪的事吧？」

「什麼!?」女人即刻狠狠瞪向張佑裕，「你怎麼可以把這件事說出去——張佑裕！」

「我沒有！」張佑裕驚慌失措，「是他們自己看出來的！」

「自己——」女人一愣，「你在騙肖仔，怎麼可能會……」

「我們可以在這邊吵幾個小時，但是這段時間再出事怎麼辦？」小蛙有些不耐煩，「我們是來幫忙不是來鬧事的，就瞭解一下，又不會少你們一塊肉！」

女人用既生氣又不敢置信的看著眼前一眾學生，還有一臉惶恐的下屬，隻手緊揪著張佑裕的衣領未鬆，看得出她的掙扎。

「現在眞的不是時候。」她咬著牙說，「我們內部已經……而且這種事說出去，誰會信？」

「不需要誰信啊，我們只想知道到底發生過什麼事。」童胤恒溫和的淺笑，「我相信大家都有個共同的希望，就是不讓事情越變越糟。」

女人緊抿著唇，揪著張佑裕衣領的手略鬆，汪聿芃瞄著她身上的名牌，總算瞧見了她的名字，*袁巧君*。

「帶他們去辦證件。」袁巧君最終放下手，「不管誰問起來，就說是跟著我的。」

所有人興奮微笑，用力的點著頭。

張佑裕一副快死掉的樣子，于欣忍不住用手肘頂他，「你這什麼蠢樣子，很

俗辣耶！」

「拜託，妳又不是不知道我膽子本來就不大！」張佑裕一臉無奈，「拍廣告時我就已經被嚇得不輕了，然後又接二連三發生這種事！」

「拍廣告時就有狀況了嗎？」康晉翊積極的問。

張佑裕回頭，很為難的看著眼神過度期待的學生們，又皺眉又嘆氣的搔搔頭，「哎，唉唉唉！」

唉了半天，他也沒透露些什麼，只領著大家走進電視台的另一端角落，再搭乘電梯，這次一路往下。

「刺傷Mio的人平常應該很正常吧？」簡子芸故作輕鬆的說著，「總覺得也不可能有什麼深仇大恨要殺人啊！」

「拜託，每個人都嘛很正常！」張佑裕擰著眉搖頭，「我一開始就覺得有問題，可是沒有人要聽我說話的！就、那天明明就……」

喔喔喔，看起來這位學長膽子小歸小，但是知道的事可不少啊！

「那個Baby出事，是什麼時候知道的啊？」康晉翊用可憐的語氣說著，「說真的，要不是我們同學看出來，根本誰都不會知道！」

「說真話，不太信咧，廣告裡怎麼會有這種事！」童胤恒邊說，一邊輕推著一旁的小蛙。

「就——」他挑高了眉，撞他是要他幫腔嗎？「就是啊，是說爲什麼知道那個小孩死掉了，廣告沒重拍啊？」

「啊——」張佑裕不耐煩的低吼了一聲，「吵死了，你們這樣你一句我一句的，問我有屁用啊，這哪是我能決定的啊！我要是能決定的話，那支廣告根本就不會上！」

哇！這是壓抑過度的爆發嗎？于欣趕緊安撫學長，小聲說著不要激動。

「感覺好嚴重厚！也對，按照常理來說，那個Baby的廣告不太可能放啊！」于欣邊安撫邊好奇的問，「而且家長怎麼都沒說什麼？」

「當然是被壓下去了，家長就在現場，從頭到尾孩子也沒假他人之手，只能說是猝死了！」

「所以是家長希望孩子最後的身影……登上廣告嗎？」童胤恒覺得這有點誇張，但也並非不可能對吧？

張佑裕緩緩的向左後轉過頭看向他，表情相當複雜，「我不知道該怎麼解釋……」

「學長就說作主的不是他了！」于欣連忙緩頰，「或許是家長，或許是……

總是有主事者嘛！」

「誰？」汪聿芃專注的看著張佑裕，「誰會明知道小Baby死掉還推出廣告呢？」

餘音未落，電梯停下，門緩緩往兩旁開啓。

戴著扁帽的男人就站在電梯門口，雙手抱胸，用一種嫌惡鄙夷的眼神瞪著電梯裡的所有人。

嗯，康晉翊默默在心裡想著：主事的人。

「就這群？」男人頭也沒回，揚聲說著。

在看不見的地方，傳來大家有點熟悉的聲音，是剛剛那位袁巧君。

「慢走。」他抱胸的雙手勉強露出右手腕以上的手掌，揮了揮代表再見，轉身就走，「直接送出大門吧，張佑裕你也就不必回來了。」

「咦！」張佑裕可慌了，忙不迭衝出去，「導演！導演請你不要這樣，不是我帶他們進來……」

不是嗎？張佑裕說到一半自己都覺得理虧了。

就在電梯門的康晉翊趕緊壓住電梯，才想說些什麼，左手邊一道影子直接往前衝了出去——汪聿芃！

「你是那支廣告的導演嗎？好厲害喔！」汪聿芃直接就追上了扁帽男，用一種狀似崇拜的口吻拉高音調。

童胤恒連忙追上，只是聽見那高昂的尾音讓他覺得有點不對勁……認識不深，但汪聿芃怎麼會崇拜這種態度差的劣咖咧？

「哦？」聽見讚美，導演緩下腳步往左邊看著那小巧的女孩，「是嗎？妳覺得我拍得廣告不錯？」

「明知道小Baby死掉還拿出來播，這點超強的耶，是我就做不到呢！」汪聿芃太認眞了，認眞到雙眼熠熠有光。

她……嗯，童胤恒嚥了口口水，是眞的很崇拜這位導演，眞心不騙。

「混帳！」下一秒，導演粗暴的動手推開了汪聿芃！

「哇呀！」那力道一點兒都不客氣，汪聿芃整個人往後踉蹌，「啊！」

「汪聿芃！」童胤恒連忙衝上前，他來不及扶住她，趕到時也只能朝她伸手，「喂！你動什麼手啊！」

「就是！幹嘛推人！」小蛙不爽的直接衝向導演。

「去去去！」導演頭也不回，倒是另一個高瘦男從旁邊奔出來，「你們這些學生快點回學校去，來這邊亂什麼！」

袁巧君似乎比這位導演職權小，不好說什麼，站在一旁眉頭深鎖相當爲難。另外一邊的ＯＡ區塊有許多人站著，臉色也很難看，都在竊竊私語。

「我們是Ａ大的都市傳說社，我相信很多人都有印象。」康晉翊突然往前就揚聲說著，還原地邊說邊繞圈，「我們懷疑你們的廣告被詛咒了！」

「咦？」現場傳來倒抽一口氣的聲音。

「你們同仁傷害Mio的詭異情況，我們這裡也有發生！」簡子芸加強語氣，「我們的同學突然自殘，然後醒來後卻說什麼都不記得！」

「天哪！」回應開始傳出。

「一模一樣……」

「怎麼會有這種事！」有人忍不住問了，「眞的有這種都市傳說嗎？」

「是！」陳偉倫肯定的回應，「我就是那個不記得的人，他們都說我跳樓了，你們看……傷口還在！」

陳偉倫抬起頭，讓大家看他下巴的傷口，並不大，消毒塊紗布貼著。

「跳樓？你跳樓才……」傷這麼一點點？

陳偉倫看著發問的正妹，很可愛啊，但他一點都不想回答這個問題！很丟臉啊！

「幸好我們社辦在一樓，所以他沒事！」汪聿芃貼心的幫忙解釋。

一樓……所有人忍不住困惑的面面相覷，這算哪門子跳樓啊！

「重點是他跳樓了，跳樓前不停的說著該走了該走了，奮不顧身開窗就往下跳！」童胤恒飛快插嘴，「我們要慶幸那是一樓，否則他就死了啊！」

「他說該走了？」張佑裕驚呼出聲，突然衝到陳偉倫面前，「你眞的這樣說了？」

陳偉倫被突然衝到面前的張佑裕嚇到了，一時嗯嗯啊啊的說不出來。

「你爲什麼要說出那樣的話？」袁巧君跟著急促上前，不可思議的看著陳偉倫。「該走了是要去哪裡？」

「我、我不知道啊！我就什麼都不記得了啊！」陳偉倫慌張的回應著，這瞬間，他們覺得整層樓的人都用詭異的眼神看著他啊！

「跟小展一樣！爲什麼，他又不是我們的人？」

「都市傳說社，就是之前很厲害的那個A大嗎？」有人忍不住提議了，「製作人，讓他們看看吧！」

「對啊，妳之前不是都市傳說系列的節目製作嗎？當初那個社團聽說解決了不少事，我記得還有發現懸案的！」

都市傳說特輯的製作嗎？康晉翊驚訝的回頭看著袁巧君，當初的確很多電視台都針對學長們的「都市傳說社」做一些專題報導或談話性節目，他可是每集收看從未錯過，但他未曾想過這個袁巧君就是製作人耶！

嗚，前人種樹後人乘涼，感謝學長姐們鋪路！「都市傳說社」的餘威還是在的啊！

「什麼都市傳說！這幾個只是大學生而已，你們在跟他們起什麼鬨！」扁帽男上前大吼，「現在是扯這種事的時候嗎！我們要做的是快點想辦法處理傷人事件，難道小展一句不知道就算了嗎？」

「他就眞的不知道啊！」另一個男生從旁邊跑過來，「我們知道小展的爲人，我們整個TEAM都不會去傷人的！」

「對啊！他眞的什麼都不記得，而且他跟Mio能有什麼過節！」頭上綁著藍頭巾的女孩也不爽的喊了，倏地轉過來看向陳偉倫，「我就信他們！」

「我也信！」

「我也信！」

一時之間整層樓幾十個人的聲音此起彼落，一人一句我也信，讓都市傳說社每個人的背越來越直，雙眼越來越亮了。

大概只有汪聿芃，用一種平淡的神情看著四周氣氛高昂的環境，眼神有些飄移。

「看起來不只發生幾件事啊！」她帶著笑，「大家都這麼激動，狀況應該很不妙！」

張佑裕緊繃著下巴望著她，微幅的點頭，他現在覺得這個女生好可怕。

「好了！」袁巧君舉起手，現場立時安靜，「這件事就我來處理了。」

「喂……」扁帽男欲開口，袁巧君倏地回身。

「吳導，這件事非同小可，身爲製作，我想我們得好好處理。」袁巧君說得平靜，「你也不希望再出事吧？」

「什麼再出事！呸！說得一副好像會怎樣似的！」清瘦男人不爽的輕啐。

「會喔。」簡子芸凝視著導演，給予肯定口吻。

康晉翊跟著趨前，不懷好意的挑起嘴角，「如果是都市傳說的話……只怕事情還沒完。」

「這種事，可不只是有一就有二這麼單純。」既然大家都說話了，童胤恒當然也得再補一刀，「這是都市傳說啊！」

吳導沒再說話，他緊皺著眉，用一種荒唐可笑卻又帶著恐懼的眼神怒目瞪視

著他們，最後低咒一句無稽之談！帶他的助理疾步的回身離去。

但是，整層樓的人們，卻用一種憂心忡忡的眼神，帶著緊繃的情緒望著他。

「請跟我來吧。」最嚴肅的，莫過於是袁巧君了，「張佑裕！」

「是。」學長臉色泛白，他連身體都在微抖，「我先帶你們去會議室。」

舉步維艱的邁出，康晉翊朝著簡子芸低語，事情眞的比他們想的誇張啊。

童胤恒也默默的跟著張佑裕身後走，他現在覺得有一個重點好像大家沒抓到……

到底「被詛咒的廣告」，是個怎麼樣的都市傳說？

第四章
地下攝影棚

不知道是話題過於嚴肅，或是空調眞的開得太強，一票大學生在會議室裡凍得牙齒打顫。

進會議室的有袁巧君、張佑裕跟剛剛跑出來不爽的矮胖男人，以及那位綁著藍色頭巾的短髮女孩；坐下來後，他們說出意料之中的意外事件。

「所以說，除了Mio刺傷事件及Baby死亡案外，有一位從樓梯上摔下去左腳骨折的燈光師，以及一個突然衝向牆壁撞牆的輔助攝影？」簡子芸做著紀錄，重複確認詢問。

「是的。」袁巧君不安的看著她的記事本，「同學，我必須重申，這些資料我們都是閉門會議，絕對……」

「絕對不能外流，我們知道，妳說好多次了！」于欣沒好氣的接口，「拜託，我們又不是狗仔，我們知道事情的嚴重性！」

童胤恒忍不住轉頭，用質疑的眼神看她，是嗎？于欣同學可是校刊社的，會有一種狗仔培訓班的感覺。

「因爲這些事本不該說的！」袁巧君嚴厲的回著，「Baby的事我們已經跟家長談妥，也簽下保密協定，另外兩個工作人員也沒有大礙，慰問金予以發送……」

「請問一下……」康晉翊不在意那部分的細節，「這些人都不記得事發經過？」

一屋子的人搖了搖頭，「跟小展……就是今天刺傷Mio的那個人一樣。」

「可是我覺得有越來越激烈的態勢。」頭巾女孩劉允容嘖了聲，「我不懂他爲什麼帶刀？」

「只是美工刀，他是道具啊！」胖男子叫阿祥，「道具手中有工具箱是正常的啊！」

「沒幾個人，卻一直出事……」劉允容深吸了一口氣，「燈光摔斷腳，小展傷人，攝影撞牆，硬要算把離職的混音也算進去，我們幾乎每個職位都有事！」

張佑裕吶吶的看著他們，「眞要這樣算，因爲嬰兒猝死被開除的助理也要計入了……」

「夠了！不要算得一副每個職位都會出事一樣！」袁巧君其實邊說，卻絞著雙手，「你們說，這跟什麼都市傳說眞的有關係嗎？」

不知道。

每個人心裡都是這個答案，因爲無法確認「被詛咒的廣告」是個怎麼樣的都市傳說，簡子芸剛剛趁機搜尋一下，也只能找到個概略的雛型罷了。

「很像。」康晉翊倒是從容，「我們無法立刻確認，是因爲還需要對照，而且也要找到更細節的東西，確認之後，我們才能想想該如何應付。」

「都市傳說可以破嗎？」劉允容托著腮，「我記得都市傳說是沒有原因，無時無刻存在的東西，這樣要怎麼把它們解決掉？」

「都市傳說是不能解決的。」童胤恒沉穩的看著她，「我們能做的，是盡可能讓它暫停。」

永遠不要想要終結都市傳說，它們是這世界的一部分，只是遇到了什麼觸發它們的契機，有時甚至根本不需要契機，從以前到現在，不是等它們自然停止，就是找到一個讓它們暫停的方式。

夏天學長他們都有找到，廁所裡的花子也是一樣的道理，她一直都在，只是爲什麼出現？又要如何讓她停止回應？

「那怎麼樣才會暫停？如果找不到的話……」張佑裕緊張的低吼，「難道會一直出事嗎？」

沒人吭聲，童胤恒身邊的汪聿芃倒是點頭如搗蒜，惹得他趕緊定住她的頭。

「妳點什麼頭，點這麼用力！」他低語，別嚇人啊！

「應該會一個接一個吧！」汪聿芃根本沒在聽童胤恒的暗示，「拍廣告的劇

組有多少人？」

袁巧君擰眉，「所有人嗎？幕前加幕後，二十個跑不掉啊！」

「看吧，Baby、道具、燈光、攝影、Mio，已經五個了。」汪聿芃在那兒算數，「如果這麼輕易就停了，那哪能成爲都市傳說呢！」

所有同學不由得看向汪聿芃，眞感謝她用平靜的語氣讓廣告劇組個個臉色鐵青，眞是一點都沒起到安撫的作用。

「那我……我也會嗎？」張佑裕不愧是膽小鬼，已經半站起身了，「……天哪！一定是那個！記得嗎？拍攝那天的怪事！」

咦？康晉翊鐵直了身子，「什麼怪事？」

「那只有你聽到啊！」劉允容嚷嚷，「我就離你不遠，可是我沒聽見笑聲啊!!」

「小展有聽見！」張佑裕低喃著，「不要說笑聲，至少你們都聽見爬鐵梯的聲音啊，不然吳導爲什麼衝我發火！」

「眞的不是你嗎？」阿祥到現在還在問這問題。

「怎麼可能是我！我離梯子有段距離吧，我得衝下來再衝到那邊……不是！明知道在拍攝，我怎麼可能會製造聲音！」張佑裕激動的回著，「眞的沒有人，卻有人在樓梯上面跑！」

「夠了！」袁巧君搓著雙臂，「不要說那種嚇人的話！」

「都有人受傷了，我覺得正視這件事比較好喔！」于欣懶洋洋的噘起嘴，「學長，可以再說清楚一點嗎？」

汪聿芃倏地看向于欣，「是都市傳說吧？」

于欣圓睜雙眼不太爽的回應，「無人奔跑的樓梯是都市傳說嗎？」「看不見人的廁所也有人回妳啊！」汪聿芃嘟起嘴，義正詞嚴。

停——童胤恒拿張紙硬擺在她們兩個中間，「不要吵！讓學長說話！」

袁巧君明顯的看著張佑裕後頷首，表示他可以說出那件事；其實張佑裕根本不想得到誰的同意，他急著想說出拍攝那天的狀況。

開拍期間不該有任何聲音的樓梯，硬是傳出了奔跑聲。

「當時大家都聽見了嗎？」康晉翊看向阿祥他們，得到同意，「那學長說的小孩呢？」

劉允容搖搖頭，「大家都盯著前方的廣告拍攝，誰會去注意到那個！鐵梯在右側後方，張佑裕那天是剛好搬東西下來，否則也不會站在那兒吧！」

張佑裕用力點頭，「道具不夠，所以差我去幫忙搬，下樓後我就站在樓梯旁了……也是不想到前面去怕妨礙大家做事。」

「被詛咒的廣告是孩子嗎？」康晉翊忍不住問向其他社員，大家紛紛搖頭，這個都市傳說太陌生了。

「這是發現Baby死前還是之後？」童胤恒好奇的是這點。

「之前，那時廣告才剛開始拍攝。」張佑裕記得一清二楚，「孩子出事是好不容易吳導覺得完美後，喊休息時才發現的。」

「既然發現了爲什麼沒重拍？」汪聿芃兩隻手都托著腮，「是那個吳導都不覺得奇怪嗎？」

員工沒敢吭聲，全瞄向袁巧君。

袁巧君面有難色，「吳導覺得那是最漂亮的鏡頭，他不想剪接，只想一鏡到底……加上Baby猝死後，Mio也說不想再拍了，她覺得不吉利，嚷著要走。」

「說不定她感應到了什麼？」簡子芸猜想。

「或許吧……總之她拒絕繼續拍攝，當下我們先將Baby送醫，現場手忙腳亂後的確很難繼續，吳導後來又只喜歡現在播出的版本……」袁巧君眉頭緊蹙，「再加上家長不反對，他們似乎希望孩子最後的身影能留下，就在一種詭異的共識下，讓這支廣告過了。」

只要不說，就沒有人知道。

「不是他殺也無可厚非，在鏡頭裡至少是可人的。」康晉翊默默瞥了汪聿芃，「說眞的，我還是沒看出來。」

「我們對於你們有人發現根本是嚇傻了。」袁巧君語重心長的說著，眼神也落在汪聿芃身上。

唯童胤恒微挑眉，他倒是不太意外。

「所以是那個Baby嗎？」劉允容問著，「因爲我們播出他死亡時的廣告，他不爽，所以……」

「那個Baby是最早出事的吧！說不定從他開始就是都市傳說了。」康晉翊截斷女孩的慌亂，「而且年紀這麼小怎麼跑！啊，我們可以看一下拍攝現場嗎？」

此話一出，童胤恒發誓他看見現場四個人同時打了個寒顫。

「你們……不敢去嗎？」童胤恒婉轉的問著，「或者告訴我們方向，讓我們自己去也可以。」

嗯嗯，康晉翊動作超快的已經起身，就等被指引一個方向。

「唉……」袁巧君重重嘆了口氣，「發生這麼多事，大家本來就會對那邊有些感冒，可以避開就避開，我帶你們去吧！」

阿祥他們一臉如釋重負的模樣，張佑裕還拿出手帕抹去額上的冷汗——「張

佑裕，跟著啊，他們不是你學弟妹嗎？」

「嗄？」張佑裕的帕子都還停黏在額頭上，用一種驚恐的眼神看著半身走出外頭的上司。

「我覺得不、不必勉強啦，學長狀況不太好。」于欣趕忙出聲，她好怕還沒走到，學長就會心臟病發。

袁巧君沒說什麼，眼尾冷冷的掃了張佑裕一眼，一切盡在不言中，叫他去就去。

阿祥與劉允容投以同情的目光，看著張佑裕踏著沉重的步伐往門外去，說實在話，製作人也不是讓他做什麼危險的事，不過帶個路，學生也是他帶進來的，小張還眞沒什麼理由推託。

「我想請問……」汪聿芃動作很慢，這才拿起背包，「小展刺傷Mio時，大家都在嗎？」

「呃……」斜對面的劉允容轉了轉眼珠子，最後點點頭，「我們幾個是都在啦，因爲Mio本來預計是要上十一點的錄影通告。」

「那小展行動前，都沒有什麼異狀嗎？」汪聿芃再問，童胤恒回身等她。

「沒有啊，大家就一起在電視牆看第一次廣告播放，播完後所有人都在歡呼，小展突然就刺下去了！」阿祥頓了一頓，「不對，他是先走去工具箱拿他的刀子，往自己身上猛割，才再走向Mio的！但速度太快，所有人都反應不及！」

「然後有說該走了該走了？」汪聿芃幽幽的問著，「除了他之外，有別人也怪怪的嗎？」

兩個人同時搖了搖頭。

「噢，謝謝。」汪聿芃禮貌的頷首，這才轉身走向童胤恒，「其實就算別人怪怪的，那個時候也沒人會注意到對吧！」

「嗯！」童胤恒看著走來的汪聿芃，「還有誰會怪怪的？」

汪聿芃聳了聳肩，「我也不知道，我只是在想會不會不只一個啊，只是看誰動作比較大？」

「咦……」童胤恒微蹙眉，這句話有理啊！為什麼只有小展？不對，陳偉倫也一樣啊，他跳樓之前沒什麼時間反應……不對！

是根本沒有人留意到他，大家只顧看廣告，而他只注意汪聿芃，老實說根本不知道陳偉倫跳樓前有什麼變化。

小展或許也是，再加上等他刺傷Mio後，現場鐵定是兵荒馬亂，誰曉得還有沒有別人也這樣！

「你懂我說的對吧？」汪聿芃抬首看著他，「我現在只想知道為什麼有人會怪怪的，有人不會？還有除了拍攝廣告的劇組外，為什麼像陳偉倫這種觀眾也會受到影響？」

「我啊，覺得先把這個都市傳說瞭解透徹比較重要。」童胤恒推著汪聿芃加快腳步，大家都轉彎了沒看見。

電視公司很大，總是一個彎接著一個彎，那道門通過這扇門的，都走到快迷路了，經過好幾道管制門後，終於來到應該是攝影棚的地方，因為這條走廊上穿梭著許多藝人啊！

「哇……」小蛙眼睛都亮了起來，「你說那個是不是……」

「喂，克制。」康晉翊立即回頭低語交代，「我們不是來追星的啊！」

雖然他自己也很想衝上去合照，但現在找都市傳說才是重點啊！

小蛙只能默默的把手機收起，認眞假裝平靜的看著一個又一個的明星藝人，他應該好好考慮寒暑假到這裡打工才對。

「我不要啦！」孩子的哭喊聲遠遠的傳來，童胤恒往前方望去，在某間休息室外頭有長髮的女孩在掙扎。

「我也不要！」尖叫的是戴著粉紅貝雷帽的童星，甩開經紀人的手往母親懷裡撲過去。

「是妞妞跟恬恬！」簡子芸哇了聲，兩個約莫十來歲的童星，長得超級可愛，是現在炙手可熱的童星！

「本人好瘦喔！」于欣看著高瘦的女孩子，「小孩子這樣不會太瘦嗎？」

「也才小朋友啊！」童胤恒看著一鵝黃一粉紅的小女孩，兩個都打扮得跟小公主似的，但現在雙雙梨花帶淚。

哭起來也好萌，假以時日說不定是下一代的國民女神啊！

「妞妞，我們只是去那邊錄唱歌而已啊，媽媽都在！」妞妞的母親蹲下來，好聲好氣的跟孩子商量。

「我不要！那個攝影棚好可怕！我不要去！」妞妞用力搖著頭，試圖甩開母親握住她上臂的手。

「眞的，那邊我家恬恬也不喜歡！」粉紅女孩緊抱著媽媽的腳悶聲哭著，「啊！巧君姊！」

這麼一喊，妞妞回眸看見了袁巧君，直接哭奔過來。

「巧君姨，我們不要去那個攝影棚錄影好不好？」妞妞一衝過來就抓住袁巧君的褲腳，「我跟恬恬都會怕！」

咦？袁巧君抱住撲上來的女孩，有些錯愕，抬頭視線對上工作人員，經紀人尷尬的頷首走來。

「巧君姊，是C-2攝影棚。」他為難的說著，「錄一段歌舞而已，之前都沒事，但是這兩天一聽見是C-2她們就開始哭了。」

袁巧君略微圓睜雙眼，「C-2啊，沒關係，我們就換個攝影棚，只是錄個歌舞嘛，應該還有空的攝影棚吧！」

「咦？」小女孩們倏地抬頭，淚水還在眼眶裡轉著呢，「謝謝阿姨！」

「好了！哭得妝都花了！化妝師！」袁巧君輕輕拭去女孩眼角的淚水，「C-2今天都排開吧，我有用處。」

C-2，簡子芸默默在心裡記著，看起來好像不太對勁啊。

「C-2就是拍蘋果汁廣告那裡嗎？」後頭又有人舉手了，「為什麼你們覺得那邊很可怕啊？」

汪聿芃……康晉翊跟簡子芸同時悄悄倒抽一口氣，表面波瀾不驚，內心只能暗暗叫好！

問得好啊！

「嗄？」要跑回媽媽身邊的妞妞跟恬恬不由得回頭看著發問來源，一個大姊姊蹲了下來，很好奇的望著她們。

「就很可怕啊！」恬恬嘟起嘴，「那邊有人跑來跑去，跑過來又跑過去！」

恬恬母親趕緊上前，由後一把摀住孩子的嘴，「恬恬！噓……媽媽說過不能亂說話！」

一旁的妞妞看著被摀住嘴的恬恬，俏麗的臉蛋皺起眉心。

「那邊本來就是……」妞妞邊說，一邊低下頭，下一秒淚水啪嚓的就掉下來了。「嗚……呀啊啊啊——」

嚎啕大哭一秒上演，蹲在地上的汪聿芃還錯愕非常，就見母親、經紀人飛快的奔到孩子身邊，一邊安慰著她，一邊轉頭狠瞪了汪聿芃一眼。

她只是好奇問了一個問題嘛！爲什麼大家這麼凶!?

童胤恒趕緊拽著她起身，拜託小姐低調一點，這時就要假裝沒事的隱入隊伍中啊！

「恬恬就算了，妞妞不想去也是自然的吧！」

右手邊鄰近的工作人員正交頭接耳，于欣刻意往右邊挪了幾步，就怕聽不清楚。

「她那時還這麼小，眞是可憐！」

「不是不記得了嗎？說不定是潛意識啊……而且這幾天聽說C-2不妙啊！」這聲音越來越小，「妳不知道除了……外，還有……」

冷不防一股力量推了于欣往前，她嚇得差點尖叫，低咒著回首，看見的是張佑裕。

張佑裕用警告式的眼神瞥她一眼，暗示她什麼都別問，最好不要再這樣亂聽，再推她一把讓她趕緊追上大家。

學長，于欣噘起嘴，你知道你這種舉動，只會讓人覺得眞的有鬼嗎？

「所以C-2就是那個攝影棚囉？」簡子芸往前低語，說給袁巧君聽的。

她點點頭，然後交代經紀人們好好留意童星的心理狀態後，便帶著他們繼續往走廊底端去。

童胤恒回頭看著被帶進休息室、臉上掛著淚水的小孩子，曾聽過有一種說法，小朋友因爲單純無瑕，所以反而容易可以看見一些常人看不見的東西，也特別敏感。

就像許多媽媽說過，孩子在無人的房間裡玩得很開心，或是愉快的跑出來問媽媽說「他可以跟房間的哥哥或姊姊出去玩嗎？」之類的驚悚提問。

或許，童星們比大人都察覺出攝影棚的問題？

「現在搞得像靈異事件。」陳偉倫低語，「到底有問題的是那個攝影棚？還是那個Baby？」

「不知道。」童胤恒只能無奈回應。

「說不定是在那個攝影棚裡拍出的廣告。」汪聿芃很堅持的停留在都市傳說的點。

如果，C-2攝影棚裡本身存在著都市傳說呢？

前頭的康晉翊與簡子芸都聽見了，這種說法的確有理，只是……如果那個攝影棚本身是個都市傳說的話……他們潛意識的嚥了口口水，現在前往那個攝影棚就變成有點刺激了。

逼近走廊末尾，袁巧君推開右手邊一扇厚重的門，是條寬敞走廊，她順勢打開燈，刺眼的照明一盞盞亮起，氣氛變得相當凝重，只剩下所有人的足音在空蕩蕩攝影棚裡迴響著，叩叩叩……

又是一道門，裡頭是寬大的空地跟一些既有布景。

「C-2？」康晉翊看著空無一物的攝影棚，很難想像出拍攝時的模樣。

「這是C-1。」張佑裕聲音又輕又柔，「C-2在……下面。」

他舉起右手往前一指，在這間攝影棚的西邊角落，還有一道門，緊閉的門裡沒有燈光，他們唯一能辨識的是從上方的逃生出口燈。

「地下室？」簡子芸問著時，突然覺得有些毛。

「嗯，地下反而有些絕對性良好收音，有些導演很愛這類攝影棚，說地下也不算，我們這層樓是挑高的，是一種樓中樓的概念。」袁巧君腳步有些許遲疑，但還是領著大家往前，「進去後就由張佑裕帶你們了吧！」

「什麼!!」張佑裕恐懼的聲音在攝影棚裡迴盪著，什麼麼麼麼……

于欣看著都覺得可憐了，她想等等袁巧君一走，讓學長自己待在樓上好了，不要勉強他。

「你最熟悉那天的狀況，當然要由你負責，別的攝影棚還有事，我得先去處理。」袁巧君禮貌的看著所有人，「不管結果如何我先謝謝各位，我其實有點希望是都市傳說，因爲如果是的話……或許你們能幫我。」

康晉翊禮貌頷首，「不是的話，我們說不定有別的論點，或是觀察到什麼，我們會盡力幫忙。」

「謝謝了。」袁巧君沉重的嘆氣，「我只希望悲劇不要再發生。」

雖然沒有極端嚴重，但這樣的頻率已經足以令人膽寒了。

張佑裕兩眼發直的瞪著前方的那對開門，身後是袁巧君高跟鞋的足音，叩達叩噠，他沉重的步伐難以邁開，這點連童胤恒看著都同情。

「你可以不必下去的。」他出聲了，「我們自己去就好了。」

張佑裕哭喪著臉看向他，再發現所有學弟妹們都圍著他，用同情的神色，有點丟臉，但也實在。

「不行啦，你們對那邊不熟，她說得對，很多事只有我懂。」張佑裕深吸了一口氣，「跟我來吧，那天的異狀，眞的只有我一個人發現。」

右手突然被溫暖挽住，汪聿芃自然的勾住張佑裕的手，與他並肩同行。

這舉動不只張佑裕，連其他人都驚愕。

「一起走你就不會怕了吧！」汪聿芃緊緊勾著，「有人陪著你！放心！」

張佑裕覺得有些溫暖，是、是啊，好像不讓他一人領頭或是落單，感覺就沒有這麼害怕了！

他深吸了一口氣，不怕被學妹笑他膽小，膽小又不是錯，硬撐著才是對不起自己！他在外頭打開裡面的燈，與汪聿芃一人一邊的推開對開門，鼓起勇氣走進。

「……」康晉翊忍不住皺起眉，「他知不知道陪著他的那個人更可怕啊？」

「說不定她等等一下去，就在那邊請都市傳說出來。」連簡子芸都覺得學長

堪憂了。

「我實在不想下去耶！」陳偉倫覺得痛苦。

「啊不然你自己一個在樓上？」小蛙故意挑了眉。

「我們現在應該快點跟上，我一點都不想太快跟都市傳說照面！」童胤恒邊說已經邊奔上了，無論如何必須第一時間，就制止汪聿芃試圖證實都市傳說存在的舉動！

因為她的求證方式太扯了！每次都直接召喚啊！

這就跟站在巷口，大聲喊「裂嘴女，妳在的話可以拿剪刀出來一下下嗎？」的意思一樣啊！

根本找死！

童胤恒飛快的趕到張佑裕的左邊，自然的搭上他的肩，張佑裕先是一怔然後是感激涕零的看著左右兩個學弟妹，這些學弟妹人眞是太好了！

嗯嗯，童胤恒越過了學長看向喉間哼著歌的汪聿芃，她居然在哼歌耶！媽啊！

一如張佑裕所說，對開門後是一寬敞的走廊，走廊上堆了些雜物，略往右瞥，就可以看見一道向下的樓梯。

這是道鐵製樓梯，一層層鐵板組合而成的，不管是什麼鞋踩上去，聲音絕不會小，每層鐵板上還有十字型防滑凸紋，沒有鋪上任何墊子，所以如果是高跟鞋的話，那鐵定是鏗鏘作響。

梯子只容兩個人並肩，所以童胤恒非常不客氣的往右邊擠，硬逼得汪聿芃放手！她不穩的趕緊握住扶把向後，然後簡子芸立刻體貼扶住她，順勢把她拖住。

這是爲了大家好，眞的！

「爲什麼會做這麼吵的樓梯？」童胤恒好奇的問，「既然爲了收音……」

「拍攝期間不會有人上下樓啊，這種樓梯也是最快的，但我不知道當初爲什麼會這樣設計啦！」張佑裕跟童胤恒一路走到樓梯下時，其實正面對的是一堵牆，那堵牆距樓梯口約兩公尺遠，也堆了不少箱子跟幾盞燈具。

跟著張佑裕向右直轉了一百八十度，就可以看見所謂的C-2攝影棚了。

「我開燈，你等等。」張佑裕不知道是不是因爲大家都在，變得沒有剛剛那麼膽怯。

下樓梯右轉後是個小正方型空間，再往前是個大的橫向長方形空間，所以剛從樓梯下轉過來的角度，是瞧不見橫向長方型的左半部的；這塊小正方型空間應該是工作人員工作區塊，長方型自然是廣告拍攝處，地上還有未清走的軌道，供

拍攝使用。

所有人魚貫走下，看著燈光亮起，攝影棚裡的背景是單純的藍板，剛剛聽小童星原本要來這邊預錄唱歌，可能是爲她們準備的吧。

鐵梯正下方的三角型空間，自然堆滿了物品，這裡是最佳利用空間。

大家不敢分得太散，但是試著在攝影棚內四處看看，老實說也沒看到什麼特別的東西，這兒就是個空間，要拍什麼就搭什麼景，其他就是燈光器材等等，沒有什麼特別的。

「蘋果汁廣告是多久前拍攝的？」康晉翊問著，因爲這裡沒有一點點該廣告的跡象。

「一個月前的事了，攝影棚換得很快，那些道具早就撤了。」張佑裕明白他想問什麼。

「所以那時的拍攝是在哪邊進行……Mio在哪裡，那個導演呢？」簡子芸仔細的問著，張佑裕開始跟她比劃當天各人的位子與角色，包括那些小孩。

而汪聿芃跟童胤恒，倒是有志一同的站在那鐵梯旁邊。

學長剛說過，那天在拍攝時……童胤恒往十一點鐘方向看去，恰巧看見康晉翊的背影，張佑裕跟簡子芸人在長方型的左側，這個角度是看不見的了，而于欣被叫去當Mio坐在地上，小蛙則扮演那棵蘋果樹，這些場景都是在長方型的右側，與正方型區塊有連接，因此看得很清楚。

但那天學長站在樓梯邊，聽見樓梯上有人在奔跑……

砰砰砰！

第五章 被詛咒的廣告

「哇！」張佑裕顫了一下身子，嚇得臉色蒼白，他驚恐的僵在原地，爲什麼突然傳來奔跑的聲音!?

連童胤恒都緊張的立刻向右看上去，結果汪聿芃攀在扶把向下喊，「是我是我！不要緊張喔！」

「汪聿芃！」小蛙忍不住低吼，「妳要先通知啊！」

陳偉倫就站在樓梯附近，他不敢離出口太遠，來到這裡，他覺得渾身不舒服。

汪聿芃露出無辜神色，她默默的再走下來，拿出手機滑著。

「我有碼表，妳是要測最快的上下速度對吧？」童胤恒早就已經備妥手機了，「學長，你聽到的聲音是一階階跑的吧？」

張佑裕已說不出話來，只能點頭。

「對──」簡子芸代替張佑裕回答，「學長，你冷靜點……沒事的！剛剛那是汪聿芃在走啊！」

「我的天哪……」話說得容易，張佑裕簡直臉色泛青，「你們不懂那種恐懼，明明沒有人卻……」

「大家注意，汪聿芃要測速度喔！」童胤恒拉開嗓門喊著，再轉向汪聿芃頷

首，「可以了！」

一按下碼表，汪聿芃立即衝上樓——砰砰砰砰！

「好——」她在上面喊著，「下樓囉！」

跟著迅速跑下樓，童胤恒就站在樓梯邊，聽著踩在鐵梯上的輕巧足音，汪聿芃是A市短跑紀錄保持人，幾階樓梯是看不出來，但是依然能感覺到她步伐的輕盈。

只是再快，都不可能在瞬間消失在他的眼前。

「不可能！」童胤恒轉頭望著她，「我回頭的速度妳都在視線範圍內，再快都一樣。」

汪聿芃也覺得不太可能，眼尾瞄向樓梯下的空間，「然後我還得塞進那空間裡。」

她默默走到樓梯下方，根本都是箱子，只剩一小縫而已。

「我在這裡面看到了東西。」

張佑裕冷不防的出聲，反倒嚇了汪聿芃一大跳，她回身看著張佑裕嚴肅的表情，他從容的走到了樓梯尾端，伸手拍拍梯面。

「那天腳步聲一響，吳導就氣得大吼，畢竟影響到拍攝中斷，我也很無辜，但我就站得離樓梯最近，所以我跑到這裡想看看到底是誰在上面，有可能快到我看不見嗎？」他皺起眉頭仰頭，然後緩緩正首，直視著大概離地第五層板的地方，「我卻感覺到正前方，有人在看我。」

他雙手合十，與地面形成一箭矢狀的往前比劃，直指向樓梯下方的三角儲物空間。

「這裡面嗎？」汪聿芃不假思索的就往那縫裡擠進去。

「欸欸……汪聿芃！」康晉翊趕緊抱住一個被她擠掉的箱子，「妳是不能先挪開嗎？」

餘音未落，又一箱掉下來，童胤恒趕緊上前要拿，結果沒接穩直接摔上了地！哇！童胤恒唉呀的閉上眼，忍不住眼尾瞪向擠進去的汪聿芃，這女人實在是——

「這裡嗎？」汪聿芃好不容易塞在樓梯下，層板就在她鼻尖前，眞的有夠擠的，「那天有堆這麼多東西嗎？」

「更密。」張佑裕心情複雜的往下看了幾層，「那道視線要更矮，沒妳那麼高。」

「更……矮？」汪聿芃邊說，一邊蹲下身子，「這樣？這樣……」她一階階

蹲，張佑裕就瞇起眼一階階回想。

直到第三階的距離，張佑裕猛然倒抽一口氣。

「這裡？」簡子芸不可思議的指著，「學長，你確定？」

「我不敢看那是誰，但是視線就是這麼高……」張佑裕痛苦的闔眼，「是你們，你們會去看嗎？」

「會！」汪聿芃連思考都沒有，「不看你怎麼知道是什麼！」

……因爲就是不想知道是什麼啊！簡子芸沒理她，只顧著紀錄，于欣也跟著蹲下身體，看著裡頭的汪聿芃。

「會不會因爲很小隻，所以躲進去很容易？不像汪聿芃這麼麻煩？」她側頭問著張佑裕。

「這角度看起來是很小的小朋友吧？」陳偉倫也蹲著觀察。

「那天外面擺滿了東西，你們不知道眞正的拍攝現場東西有多多。」張佑裕搖了搖頭，「別說樓梯下了，外面也密密麻麻，根本不可能……」

根本不可能有任何的縫隙讓一個才衝下樓梯的小孩擠進去。

「……越聽越毛了啦！」小蛙忍不住搓了搓手臂。

「妳出來了，汪聿芃！」童胤恒嚷著，「妳搞的鬼，自己出來幫忙收拾。」

「喔！好！」聞言，她倒是很乖巧迅速的立刻出來，拾撿掉落一地的東西。

康晉翊跟簡子芸忙著走到張佑裕旁邊，去感受所謂樓梯下的視線……眞的很小，難怪張佑裕會說是個孩子，但是與死掉的Baby相比年歲又大了許多。

「所以學長只有聽見奔跑的聲音而已，還有什麼……別的嗎？」康晉翊謹慎的問，他也怕學長會心臟病發。

張佑裕面有難色的望著他們，視線直視前方那樓梯後方三角型空間，再往上看著向上延伸的樓梯。

「他跑到這裡時，」張佑裕往前探身，又拍拍鐵板，「當時我站在旁邊……就于欣的位子。」

于欣正拿著相機在拍攝樓梯下方的空間，她站在鐵梯旁約一公尺的地方，錯愕的順著張佑裕的聲音回頭。

「于欣妳這樣看得見樓梯上的……手嗎？」簡子芸邊說，一邊把拳頭擱在張佑裕剛剛說的位子上。

于欣皺著眉，試著挪了一個角度，再按照張佑裕說的視線要假裝看著廣告拍攝，然後眼尾……喔喔！

「有，一點點，只能看到拳頭一小角。」她點點頭。

「所以是看得到的……實體。」康晉翊喃喃說著，「但學長沒看到他的樣子。」

張佑裕倒抽一口氣，飛快搖頭，「光這樣就讓我夠恐懼了，對方是蹲跪著的，很靠近樓梯扶把，你們看這中空的距離，我有種他只要願意，伸手鑽出來就能抓到我的感覺。」

拾撿道具的汪聿芃回眸，「那有抓到嗎？」

「汪聿芃！」童胤恒忍不住使勁扳過她的身體，會不會問問題啊！

汪聿芃還愣了幾秒，幹嘛這麼用力啦！她皺起眉不明所以，童子軍眼睛瞪這麼大是在生什麼氣？有沒有很重要啊？說不定這樣就可以知道那個孩子到底是不是都市傳說。

爲什麼每次她說什麼，大家都一副她不該講的樣子啊？汪聿芃看著手上的彈簧小丑娃娃，心裡有點不太平衡。

小丑娃娃像是也應和她心裡想法似的，也在那邊跟著搖啊搖……搖啊搖……

這是類似於驚嚇盒的道具，方型的堅固底座，裡面是極彈性的彈簧加上一個小丑頭，這是尊黃色的小丑，黃底紅點衣服與帽子，還有那有些詭異的笑。

「這是不是在廣告裡也有出現啊？」她握著小丑直接轉向童胤恒，「放在草地上？」

「呃……」有嗎？童胤恒實在想不起來，誰廣告看其他地方啊！要看的是Mio的大胸跟長腿好嗎！

「有啊，我記得草地上有一排，當時就覺得違和感很重，無緣無故放這種東西幹嘛？」汪聿芃自個兒拿回來端詳了好幾秒，又再打直手臂把小丑伸向童胤恒，「你會不會覺得這種東西超詭異的？」

童胤恒正巧放進另一個藍色小丑娃娃，小丑這種東西本來就是種吊詭的玩意兒，在馬戲團裡雖是一種帶來歡樂的象徵，死白的臉、突出的眼妝與腮紅，逗趣的表演模式總是讓現場捧腹大笑，但是……做成玩具或是面具時，卻令人有些毛骨悚然。

黑色的大眼、菱型的臉型、笑到幾要裂開嘴到耳下的紅唇，這種笑容令人打從心底的不舒服。

「是啊，但拍廣告時不會特寫它們啊！」童胤恒把她手上的小丑拿過來，仔細的放回箱子裡，「這只是布景，我甚至不記得廣告有拍到它們。」

「怎麼沒有！拜託……它們就這樣咿歪咿歪的晃耶！」汪聿芃邊說，還一邊模仿起小丑的左右晃動，咿～咿～

咿……汪聿芃看著被收進箱子的小丑，奇怪，爲什麼她剛剛有幅畫面又閃進

她腦海裡？她趕緊拿起手機，打算再查一次Mio的廣告。

「可以走沒？」聲音從樓梯上傳來，居然是陳偉倫，「我不想再待下去了。」

「急什麼？」童胤恒把箱子以十字折疊法塞好，妥善歸位，「是還有課喔？」

「不想待啦！整個就不舒服！」陳偉倫不耐煩的往上指，「小蛙早就跑出去了好嗎！」

于欣還在裡面拍照，聞言小碎步跑出，康晉翊認眞覺得拍照的她更厲害，在這個可能有都市傳說的地方，死掉一個嬰兒的地方，她回去檢視照片時會不會……停！

別多想，越想越毛。

「最後說不定是靈異事件。」簡子芸跟在後頭幽幽的說，「這樣就應該交給別的社團了。」

「這也不一定吧！上次花子的事怎麼講？」康晉翊倒是不以爲然，「沒聽童子軍說，最後其實有兩個花子……」

是啊，廁所裡的花子都在，只是她巧遇了另一個「花子」。

「這樣說來有理啊，上次是小花子觸動了眞花子——所以這次呢？」簡子芸雙眼一亮，「有什麼事觸動了都市傳說？」

康晉翊回眸看著于欣，有了文字紀錄、也有相片紀錄，集大家的力量，勢必可以找出蛛絲馬跡……更別說，他們之間細心的人是一個比一個強大，連Baby死亡都能看出來啊！

離開C-2對張佑裕而言如釋重負，他只要待在那邊多一秒，就覺得渾身不對勁，一如妞妞恬恬她們說的一樣，只是孩子最多是敏感，而他揮之不去的，是那天拍攝蘋果汁廣告的每一幕。

上下樓梯的奔跑聲、被盯著的視線、只有他聽見的笑聲，還有——啊！

張佑裕突然停下了腳步，那個時候……那個聲音說話了對吧!?

「門關上就可以了嗎？」童胤恒在後面喊著，仔細瞧這對開門從外面似乎也不能鎖。

張佑裕遲頓了幾秒，回身，「啊啊，對，燈在旁邊麻煩關一下。」

他還想說些什麼，C-1門口突然冒出一個人影，「張佑裕！袁製作要我叫你快送學生離開，吳導好像鬧到上頭去了，說你亂帶狗仔進來！」

「狗仔？」于欣拔高了聲音，一邊瞪著自己身上的相機看，「我哪有！」

「收起來。」簡子芸催促著，看來是樹大招風了，「吳導就是剛剛那個頭戴扁帽、一副氣燄囂張的傢伙？」

「哎唷！」張佑裕又是愁眉苦臉，看來他今天眞的很難熬，「他爲什麼老愛針對我，製作人也答應讓他們進來的啊！」

「不爲難學長，我們快點走吧！」于欣覺得這件事她有責任，焦急的催促大家，「我們快點走，省得讓學長難做人！」

大家都同意，急忙的打算離開，童胤恒趕緊到牆邊去關掉C-2電燈，也要追上。

噠噠。

汪聿芃倏地回身，她看著那微微晃動的對開門，雙眼瞪圓的定住不動。

噠噠噠達——噠達噠達！

她毫不猶豫的回身衝向對開門，筆直就往樓梯口衝了過去，「誰!?」

什麼!?童胤恒驚愕回首，只看到汪聿芃整個人衝往黑暗的C-2裡，他完全不知道她在做什麼，往大門看過去大家都出去了，而她居然摸黑衝進那個攝影棚！

「汪聿芃！」童胤恒趕緊跑到門邊，抵住一直來回晃動的門，「妳在幹嘛啊!?」

「幫我開燈！」她雙手各自握著樓梯兩邊的扶手，太暗了，但她想要下去看看，「我聽見有人在奔跑！」

有人……童胤恒腦袋一片空白，有人剛剛在那鐵梯上奔跑嗎？

那她進去做什麼啊啊啊！

「汪聿芃！」童胤恒二話不說立刻衝進去，抓住她的手直接往旁邊拽，「大家都走了快點！」

「咦？可是……眞的有……」

『嘻嘻……』笑聲伴隨著極細微的腳步聲，自樓下的攝影棚裡傳來。

童胤恒沒有說話，只顧著拽著汪聿芃離開C-2那扇對開門，再火速拖離C-1攝影棚，這時發現他們沒跟上的康晉翊又再度折返，在門外雙方差點撞成一團！

「哇！」康晉翊緊急煞住腳步，「你們怎麼這麼慢？」

「那個……」汪聿芃皺著眉，回頭指向身後。

「沒事，她動作太慢了。」童胤恒加重了箝握在汪聿芃手上的力量，像是警告她別說似的。

哎！她吃疼得皺眉，不敢置信的抬頭看著他……是怎樣!!

「那快點吧！別爲難學長。」康晉翊嚴肅的說著，「汪聿芃，別出亂子。」

「我沒有啊！」她超委曲的，「我剛剛……」

她回眸朝裡面看去，瞧那C-2的對開門絲毫沒有止住的跡象，兩扇門大力的啪噠互相晃著，彷彿剛剛才有人從那兒衝出來似的。

咦？她驚疑的看著那扇門，她眞的覺得現在應該馬上立刻再度回到那個攝影棚，一定可以看到什麼的啊！

大家來這裡，不就是爲了要驗證這個是不是「被詛咒的廣告」嗎？

剎地被往前拉，她開始用力的掙扎，但童胤恒只是握得更緊，微慍的低首看著她，一副妳到底想幹嘛的樣子。

「放開我！」她咬牙說著，「那下面眞的……」

「妳是白痴嗎？聽到有腳步聲還要去？」他壓低了聲音，「想也知道那下面有……不尋常的東西啊！」

「不就都市傳說！」她不明所以，「我們來這裡就要找都市傳說的不是嗎！」

呃……童胤恒一時語塞，他發現自己無法反駁這傢伙的說法，對！他們是來找都市傳說的，但不代表遇到有問題就要硬撞上去啊！

「妳怎麼跟上次一樣！明知道廁所裡有花子，就一定要在裡面呼喊？」他簡直不敢相信，「妳稍微冷靜想想，萬一那個都市傳說會傷人怎麼辦？」

汪聿芃眞的認眞的冷靜幾秒，朝著他眨了眨眼，甚至放棄掙扎的任他握著直視前方。

不知道。

「可是不呼喚怎麼知道有沒有花子？不下去看怎麼知道是什麼都市傳說？」她最終還是困惑的望著他，「那萬一不會傷人怎麼說？」

童胤恒望著她，這傢伙才幾天光景，已經完全忘記那天喊花子很可怕，然後哭三小時的夜晚了嗎？

簡子芸回頭瞥了眼，隱約聽見了什麼，挑高眉朝汪聿芃望去，眼神的意思傳遞著不要鬧！

她沒鬧。汪聿芃還依依不捨的回眸望著那遠離的C-1攝影棚，她只是覺得那是個千載難逢的機會啊！爲什麼不把握呢？「被詛咒的廣告」連學長們都沒條列出來，這種罕見的都市傳說，根本可遇不可求嘛！

張佑裕急促的帶他們回到剛剛進來的電梯群那兒，正值下班時間，某些內勤人員也都準備離開，櫃檯後面的電視牆不再播放新聞，而是輪播著他們拍攝的節目與廣告……直到熟悉的音樂響起。

啊！所有人都緩下腳步，汪聿芃更是專注的看著牆上的巨大電視牆，她剛剛在C-2時就想重看一次廣告，現在剛好是個機會！

美麗的女孩對著鏡頭燦爛笑著，後面的Baby們也都天眞的萌態，儘管只是

一掃而過的鏡頭，童胤恒也不由得留意到了草地上不停搖頭晃腦的彈簧小丑……

哇塞！他默默的看著仰頭的汪聿芃，她眞的很厲害，這麼快她都看得出來！

「嘿！」她綻開笑顏，留意到他的注視，得意的挑了眉，「看到了吧？」

「看到了。」他無奈的笑著，這可得放棄看Mio才能換到的注意力啊！

陳偉倫低下頭，他完全別開眼神，緊繃著身子不敢看電視一眼，但小蛙卻感受到他竟微顫著。

張佑裕都已經快到電梯前了，發現後面一票學生居然停下來看廣告，急得跟熱鍋上的螞蟻一樣！

他們已經夠明顯了，現在還卡在櫃檯大廳！！

「喂！電梯來了！走囉！」

他忍不住高喊，反正先送走他們再說！眼前正中間電梯剛好抵達樓層，快點閃人吧！

「噢！好！抱歉！」康晉翊趕緊正首，這次再看廣告，心情跟上午已截然不同了，他完全專注在那個死去的孩子身上，不知道是不是因爲被汪聿芃道出實情，他現在越看那嬰孩也就越覺得奇怪。

好像眞的能看得出來……他沒有生氣似的。

「啊！」才往前兩步，硬生生的左邊衝過一個人，將康晉翊往肩頭撞去，害他直接跌在简子芸身上！

哎哎！简子芸穩住重心撐住康晉翊，看著奔過的人影急往前衝，「急什麼啊！」

餘音未落，又一個人奔跑而過，這次撞到的是小蛙，他不爽的立刻反手揪住對方的衣服！

「喂！你們走路不會看路嗎？」

男人倏地被扯回身，一雙灰白的眼睛無神的望著小蛙……或是更遠更遠的地方。

「該走了我該走了該走了……」他喃喃的說著，眼珠完全不對焦。

什麼!?就在小蛙旁邊的陳偉倫驚恐的伸手拉開小蛙揪著對方的手，連简子芸也都不可思議的睜大雙眼，童胤恒早就把汪聿芃拉到一旁，因爲奔跑的人眞的好幾個，眞的像在趕路似的，誰都沒在看路。

「該走了該走了……」撞開張佑裕的女人放空的雙眼看著前方，抱著包包朝前奔跑。

該走了，該走了……張佑裕臉色死白的看著一個又一個自他身邊跑過的人，

那天跪在鐵梯上的人說了什麼？

學生們全部僵住，幾個小時前，陳偉倫才在他們眼前演過這一齣啊！現在這群人……還不只一個，居然一模一樣的放空雙眼，不對焦的跑向——

「啊！電梯——」簡子芸驀地發出尖叫，「電梯根本沒有上來！」

她指向了前方，那正中央敞開的電梯門裡，根本沒有電梯！

「哇呀！」櫃檯邊的工作人員失聲尖叫，靠近的幾個男人們衝上試圖攔住第一個撞開康晉翊的男人，但根本來不及。

男人就這樣衝進了電梯裡——砰！

接二連三，直到第四個人，才被同事們或抓或撲倒在地，才沒有一窩蜂的衝進電梯。

叮，電梯門在死寂的大廳中緩緩闔上，但已經有三個人剛剛一腳踩進了停在一樓的電梯井裡。

「哇啊啊——哇——」崩潰尖叫聲隨即響起，哭聲與驚恐聲瞬間此起彼落。

「報警！快點報警！讓電梯暫停！警衛！警衛——」

「一樓警衛先攔下！快點啊！」

張佑裕突地腳軟，整個人往地上坐去，這個當下，連康晉翊他們也都動不

了，大家呆愣的看著那關上的電梯門，電梯還停在一樓，這裡是三十七樓，他們完全不敢相信剛進去的三個人是……

「學長，學長！」童胤恒趕緊上前探視張佑裕，順便看著其他同學，「小蛙，注意陳偉倫！」

「我……我沒事！不必管我！」陳偉倫緊皺著眉，唇在發顫，「幹，我真慶幸我們社辦在一樓……我上午就是那樣子嗎？」

小蛙點點頭，還是拉住了他的背包。

「我的天……」簡子芸也站不住，背靠著牆大口呼吸。

康晉翊蹲下來，大掌罩著張佑裕的肩頭，他看起來很糟，「學長，你沒事吧？深呼吸好嗎？」

「同學，妳問得對……」張佑裕顫巍巍的抬頭，越過小蛙、陳偉倫，看向站在後面的汪聿芃，「除了腳步聲外，我有聽到一句話。」

那天，在樓梯間的孩子說了什麼？

汪聿芃微抿著唇，幾乎與張佑裕同步：「該走了……」

之前有人跌下樓梯前就是這樣喊著的、小展刺傷Mio時也是這樣急吼著，那些急著衝進電梯裡的人們也是這樣的執著！

該走了，是要走去哪兒啊？

康晉翊嚴肅的看著那扇電梯，數字急遽的上升，已經經過了三十五樓。

「爲什麼電梯在動，不是鎖起來了嗎？」

「鎖起來了，但是它不聽使喚啊！」這聲音聽得都快哭了。

音樂持續飄盪在充斥著尖叫聲與哭聲的大廳裡，所有都市傳說社的學生們緩緩的抬起頭，看著天使嬰孩的臉孔，國民女神的笑容，看起來不再可口的蘋果汁。

這一刻過後，這支廣告，將正式成爲「被詛咒的廣告」！

第六章 傳説再現

都市傳說社積極加班，回到學校後沒有人回家，也沒有人有空跟蔡志友解釋一切。焦急的蔡志友只能坐在沙發上看著新聞頭條，播報著電視台的電梯事故，電梯故障卻有三名員工未注意而進入電梯，自三十七樓摔落一樓的電梯上，緊接著電梯竟又上到頂樓，夾損屍體。

警方抵達時已明顯死亡……從三十七樓掉下能不死那命也太大。

最令人害怕的不是電視公司的「意外事件」，而是電梯事故外，在其他地方也都發生了離奇的意外：自撞車禍、或是有人從天橋跳落，甚至還有一位跳下了輕軌！

這些都是再尋常不過的意外，但在有目擊者指出跳軌的人原本坐在椅子上等車，突然起身喊著該走了，再暴吼一聲後就跳下鐵軌，迎向急駛而來的列車後，沒有人相信那是「意外」。

于欣去洗照片，陳偉倫不敢回家，所以也待在社辦裡，跟蔡志友說著今天發生的事，關於C-2攝影棚、廣告劇組發生的事件，還有最後要離開時的慘案，既然他們在看電視，盤點本日意外事故跟找八卦的工作就交給他們了。

總是得釐清，哪些是意外、哪些跟「被詛咒的廣告」有關。

「所以這些都是那個廣告的原因？」蔡志友簡直不敢相信，「這太扯了，不

過就一個廣告！」

「要吵就出去！」康晉翊厲聲說著，不耐的拍了桌子。

大家正分工合作的找尋「被詛咒的廣告」都市傳說來源，不幫忙的人就都閉嘴！

所有人努力的在尋找跟統整，原本負責整理紀錄的簡子芸今天把工作轉給汪聿芃，要她立刻把今天發生的事整理上網。童胤恒很意外簡子芸這麼快就信任了這不對頻的傢伙，不過只是把文字跟發生的事寫出來倒是不難，她之前花子的紀錄就寫得還不錯。

而且，童胤恒知道簡子芸在想什麼，說不定汪聿芃能發現什麼端倪。

瞧！童胤恒默默的偷看著汪聿芃，她已經盯著螢幕超過五分鐘了，跟雕像似的動也不動，不知道天線電波又接到哪邊去了。

「喂！」康晉翊拿筆丟向童胤恒，嚇得他趕緊回神。

他就坐在康晉翊辦公桌旁的轉角，有點慌張的看向皺著眉的他，「幹嘛啊？」

「你看著汪聿芃五分鐘了。」康晉翊沒好氣的唸著，「是在看什麼？」

「我……我沒……」靠！對耶，他也看了五分鐘，「我在想她有沒有發現什麼，她完全不動耶！」

康晉翊瞄向汪聿芃，她眞的兩眼發直的盯著電腦，出神的模樣。

「汪聿芃！」簡子芸冷不防的揚聲，「妳寫完了嗎？」

「啊？」汪聿芃元神歸位，「什麼什麼？」

「寫完了嗎？」簡子芸從筆電後探頭，對著距離五公尺、正前方的她，「發什麼呆！還是妳發現什麼了？」

「我……」她深吸了一口氣，全社辦的人跟著屏氣凝神，「我肚子好餓喔！」

……童胤恒默默的低頭繼續使用滑鼠，康晉翊不客氣的白了他一眼，發現什麼咧？發現肚子很餓啦！

「我有託于欣買晚餐了，大家再忍忍。」簡子芸回答得從容，這些她早就想到了，「我看一下妳寫的。」

哇！簡子芸好厲害喔，居然連大家的晚餐都安排好了！童胤恒心裡暗暗佩服，眞的是很可靠的副社啊！簡子芸走到汪聿芃身邊，檢視著她打出來的報告紀錄。小蛙在角落伸著懶腰，其實資料不多，應該是找得差不多了。

「寫完就發，要讓大家知道這個廣告有問題。」康晉翊喃喃的說著，筆在紙上沙沙作響。

「什麼！？」坐在外頭的蔡志友跳了起來，連忙往辦公區塊走來，「你們要亂

發什麼？」

簡子芸明顯的做了個深呼吸，因爲汪聿芃是拿折疊桌簡易的搭個位子，觀看她電腦的簡子芸正巧背對著走來的蔡志友，面對的是康晉翊及童胤恒，她暗使了眼色，阻止半起身的康晉翊。

聽著蔡志友腳步聲傳來，簡子芸眼尾偷瞄了眼，移動滑鼠直接按下發佈。

「什麼叫亂發？」她從容的轉過半身，恰巧面對走到的他。

「別發喔！汪聿芃！」蔡志友竟語帶警告的指著汪聿芃，汪聿芃只是聳肩，「你們突然在網路散發這種謠言，影響範圍會擴散到多大你知道嗎？」

汪聿芃向右看著他，她不發喔，因爲剛剛副社長已經發出去了嘛！

「謠言？你現在是我們社員，還是依然是科學驗證社社長啊？」簡子芸分貝略抬，但口吻依然四平八穩，「蔡志友！」

「我……這跟科學驗證社沒有關係！我是站在客觀立場說話的！」蔡志友繃著神經，雙手握拳，「一個廣告要耗費多少人的心血，今天不是因爲我是Mio的粉絲我才這樣說的，未確定之前亂發，會造成多少人的損失？」

「不發的話，還要出多少意外？」簡子芸凌厲的盯著他的雙眼，即使蔡志友如熊般魁梧，她也毫無懼色，「你負責統整意外，今天究竟死了多少人？」

蔡志友為之語塞，他想回吼卻一時找不到適當的句子，今天傍晚的意外事故有十七起，死亡人數總共九人……他知道有幾件可以確定不尋常，但是他就是覺得這樣一發文，豈非帶了風向，又不能確定眞的是都市傳說！

「如果最後不是呢？這樣害多少人的心血付諸流水？很多人的投資慘賠，然後對於明星也產生負面形象，還有……」蔡志友依然在計算。

「你難道至今還不相信都市傳說嗎？」童胤恒起身走來，「花子的事是你親身經歷過的！」

「我不是不相信！我是認為在有確切或是高達八成的證據證明，那個廣告、這些意外跟都市傳說有關時，我們再發文不是比較謹愼嗎？」

「我操你媽的！眞的是科學驗證社的！」小蛙懶洋洋的唸著，「積習難改！」

「你是在罵三小啊！」蔡志友向右一瞪，瞪向窩在簡子芸桌邊角落的小蛙，掄起拳頭就要上前。

童胤恒大步趕上攔住，一邊朝小蛙使眼色，說話好聽一點啊，一邊攔住蔡志友，「別亂來，有話好好說。」

「我倒覺得蔡志友這樣不錯，他可以用這種想法跟思維幫我們判斷正確邏輯；而且他說得也很有道理，謹愼處事很重要。」康晉翊兩邊的角度都思考過

了，「問題是，我們幾乎都確定了這件事跟都市傳說有關……活生生例子就在你身後啊！」

身後？蔡志友倏地轉身，陳偉倫不安的站在電視前，他的正後方。

「而且汪聿芃也注意到一些異常了。」童胤恒以指節敲敲桌面，汪聿芃噢了聲，現在就可以說了喔！

「我們離開地下室時，我聽見下面有跑步聲，很輕，但是眞的有人在跑！」汪聿芃說這段話時帶著不爽，「然後童子軍就拉著我往外跑，那個對開門啪啦啪啦晃得多大力啊，一看就知道有人通過啊，他就是不讓我回去看！」

回……去……看……一整間的人皺眉注視著她，簡子芸沉重的拍拍童胤恒的肩，「做得好。」

「咦？」汪聿芃還在那邊不平，「如果那時下去，說不定就……」

「說不定我們就是新聞事件的一員咧，說不定！」童胤恒實在覺得頭痛，「妳就一定要親眼親自看見嗎？上次花子也是，一直叫她是怎樣！」

「親眼看到才有存在感啊！」汪聿芃也一骨碌站起，氣氛一度緊繃。

「好了！」簡子芸一百次都是支持童胤恒的，「妳，用點腦子吧，不要明知山有虎，偏向虎山行！童子軍是在保護妳！」

保護？汪聿芃眉頭皺成一直線，她沒需要保護啊！

「汪聿芃的事稍後再說，大家差不多都找到資料了吧！蔡志友，你就聽著，看覺得這些足不足以證明事情跟這支廣告有關。」康晉翊才繞出桌子，門外就走進了提著大包小包的于欣。

一時間香氣四溢，每個人用力深吸著空氣中各式香味——會議中止，怒火全消，吃飯最大啊！

吃飯配新聞，只是大家沒到沙發茶几去吃，因為有許多影片跟不停刷新的網路資訊要看，所以各自搬折疊椅或拖桌子去窩在裡面的辦公區討論。

「我照片洗出來啦，等了我一小時，我剛好去買吃的。」于欣挑眉看向簡子芸，「報社團的帳嗎？路邊攤沒收據耶。」

「我信妳，給我個數字就好。」簡子芸捧著魚酥羹，這才想起來他們中餐都沒吃呢！

「照片有什麼……問題嗎？」童胤恒好奇的看著。

「沒啊，我快速瀏覽一次而已。」于欣面有難色，「喂，我只有一個人，我才不要看得多仔細，等等跟大家一起分享啊！」

話沒說完，旁邊小桌就有人放下筷子擱下飲料，急著朝她伸出手。

嘖！童胤恒回身直接用拿著筷子的手打下那雙手，「先吃飯！妳急什麼！」

「我想看啊！」汪聿芃鼓起腮幫子，「你很愛妨礙我耶！」

「我妨礙妳？」哎唷呀，童胤恒圓了雙眼，眞是好心沒好報啊！「拜託，這也是爲了大家好好嗎！」

「我才——」她超想辯解，卻發現一屋子的同學都凝重的看著她點頭。

「妳賣亂啦！」小蛙突然自信滿滿的，「欸，我來說一下，那位很秋的吳導，鐵定有看過傳說中的廣告。」

嗯？大家視線忍不住投向他，康晉翊微瞇起眼，「是很像……」

「哪是很像而已！喂，我廣告系的啊！」小蛙這下可是散發光芒了，「我們已經找到了都市傳說裡的『被詛咒的廣告』了！」

說畢，他轉過筆電螢幕，直接按下PLAY鍵，嚇得陳偉倫跟蔡志友大叫的跳起來。

簡子芸呿了聲，蔡志友是在叫什麼，剛剛不是還在那邊什麼不確定是都市傳說！現在跟陳偉倫抱在一起是搞笑嗎？

「我們都看過了，怕什麼？」康晉翊輕哂，跟著搖頭。

「被詛咒的廣告」，並不是太有名的都市傳說，不過的確存在過。

被詛咒的廣告至少在三十年前播出，那是一個衛生紙廣告，廣告的女明星K子坐在一個鮮紅的背景前，一個扮成鮮紅魔鬼的小童星登場，然後不斷跳起來抓飄在空中的衛生紙，整個廣告以一首無歌詞樂曲當作背景歌曲。

廣告播出後，有觀眾在節目錄影時覺得那首歌有趣，倒帶看了兩遍隔天便暴斃，廣告於是被稱爲「被詛咒的廣告」，爾後火速停播。據知情人士向外透露，原來廣告正式播出前已發生怪事，扮演魔鬼的童星因病去世，緊接著燈光、道具、導演、女明星等等，一一發生意外身亡、或是自殺事件不斷！

後來有人發現廣告背景用的歌，其實是黑彌撒之歌，又稱「惡魔之歌」，因此才引發一連串的悲劇。電視台及廣告商當然不會接受這個說法，事件的眞相至今仍是個謎。

廣告很短，而且年代久遠，拍攝的角度手法跟色澤都是以前年代的模樣，但是眞的有幾分既視感。

「第一點，兩個廣告都沒有任何台詞，全是先下音樂，然後帶著畫面，小惡魔跟美女。」小蛙暫停了廣告畫面，「惡魔改成天使，美女的部分也是類似的。」

「這樣看是眞的很像，不是說抄得一模一樣，但是……」蔡志友嚥了口口水，「整體感眞的很類似。」

「這根本八七分像了吧！氛圍都一樣啊！」于欣嘖了一聲。

「還有更厲害的是，頻率！」小蛙這次開了聲音，讓大家聽著伴有音樂的舊廣告，「在同樣第四個音節後出現惡魔、第幾個音節後是美女，最重要的是——」

他瞬間按了暫停，指向廣告的時間表，再切換視窗到蘋果汁廣告的視窗。

「咦？」湊近的于欣驚呼一聲，「兩個廣告時間一樣！」

「對！長短一模一樣，再仔細聽兩首廣告的配樂，拍子是近似的。」小蛙彈了指，「換句話說——截取一樣長度的曲子，同時帶出廣告的感覺，最好告訴我他沒『參考』。」

「現在都用致敬了啦！」康晉翊無奈的笑著搖頭，「所以這支廣告是仿拍『被詛咒的廣告』的啊……」

「因為這樣所以才……？」陳偉倫好不容易才出聲，他從電視公司回來後就一直不安。

「這就不知道了，但是當初那個『被詛咒的廣告』，關鍵聽說是在於用的音樂有問題！」小蛙敲敲螢幕，「傳說那支廣告用的音樂，是歐洲地下教會黑彌撒使用的『惡魔之歌』，所以才造成一連串的意外命案。」

惡魔之歌!?蔡志友倒抽一口氣，「但是現在……歌曲不同吧？」

「『被詛咒的廣告』播出後，」簡子芸已經全背起來了，「出事的全部都是跟廣告有關的劇組，沒有牽扯到別人。」

于欣有些吃不下了，「這就不一樣了，在下午之前，可以說都是劇組的人，但是……電梯一摔……」

「呃，基本上一開始就不限於劇組的人了吧。」陳偉倫很委屈的舉手，「我上午就跳樓了記得嗎？」

啊！對厚！

「這支廣告今天強力播放，外面路上的電視廣告牆一定也會播，所以那些意外說不定就是這樣來的，跳軌的人說不定是正用手機在看Mio。」康晉翊挑了挑眉，「按照都市傳說的模式，也是音樂的問題嗎？」

如果換個音樂，是不是詛咒效應就不會發生？

「啊咧，難道那導演也用到了『惡魔之歌』到音樂背景？」蔡志友直嚷著，「哪來這麼多『惡魔之歌』啦！」

「我也還有問題，一整天多次播放，爲什麼偏偏是下午五點多那次發生最多情況？其他時間都沒有？」童胤恒有件事始終耿耿於懷，「再來，我對那座電梯非常有意見。」

究竟為什麼電梯沒有上來，電梯門卻敞開在那兒？簡直像是個吸引人前往死亡的黑洞陷阱。

「因為是都市傳說啊！」汪聿芃幽幽的說，「大家看完廣告後都急急忙忙的說該走了，到底是要去哪裡呢？」

她邊說，一邊轉頭看向瑟瑟顫抖的陳偉倫。

「你下午再看到廣告時，有什麼不舒服的嗎？」童胤恒跟著問了。

看、看他幹嘛？他不知道啊！他要是知道就不會跳了吧！

「拜託，我哪敢再看啊！」陳偉倫哀聲嘆氣，「電視牆那麼大，我一看到開頭我就別開視線了，那是三十七樓耶，要再跳一次沒這麼好運吧！」

陳偉倫沒看啊……童胤恒只是想到，如果沒有死的人，是不是會再一次被影響呢？

「這很像一種集體催眠，如果說當年那支被詛咒的廣告前後死了這麼多人都是詛咒，我覺得現在的情況反而像是催眠效應。」康晉翊理性分析，「像催眠節目時，有時不只台上的人會被催眠，節目進行時台下的觀眾若頻率相當也會同步被催眠，所以看完廣告後的人會呈現無神狀態、甚至失憶，然後只顧著喊該走了，就往前衝往下跳或是……造成意外。」

簡子芸略為思忖，「但是Mio是被刺傷的，小展沒有趕著去哪裡吧？」

「他自己都傷成那樣了能去哪裡？總不會因為擋路吧？」小蛙看過幾次監視器，「他想離開，但是Mio剛好擋路這樣？」

「學長說小展是看完廣告後才去拿刀子的耶！」于欣不以為然，「你看見有人先往自己身上劃幾刀，還會擋在他面前？你以為你連恩尼遜嗎？」

「因為她是Mio吧，廣告女主角啊！」汪聿芃倒是明快，「『被詛咒的廣告』中，拍攝的人不是都會出事嗎？」

蔡志友聽著都覺得心疼，他的Mio是因為這樣被莫名其妙刺傷的嗎？

「照你們這樣說，換音樂就天下太平嗎？」他不解的問著，「到底都市傳說是指哪個？這支廣告？還是那首音樂？」

廣告？還是音樂？康晉翊竟也無法明確回答，「被詛咒的廣告」不幸的來源是那支「惡魔之歌」，所以為什麼不稱為「被詛咒的主題曲」呢？

「都已經拍了，怎麼會天下太平，這整支廣告就是被詛咒了！」汪聿芃倒是沒有任何遲疑，「欸，按照順序，你們不覺得應該關心下一個人嗎？」

什麼!?簡子芸倏地回頭瞪圓大眼，「順序？下一個……」

「當初『被詛咒的廣告』中，第一個死亡的就是小孩子、然後傳聞中工作人員依序發生意外，配音、燈光、攝影、道具、導演、女明星……

「這順序一聽就不對啊！」簡子芸擰著眉分析，「現在這支蘋果汁廣告裡出事的是燈光、攝影、道具、女明星！」

「導演？」康晉翊唰地瞬間起身，「那個吳導？」

「于欣！聯絡學長！」童胤恒也跟著積極起來，「簡子芸，妳有袁巧君的電話是嗎？」

簡子芸早就奔回位子拿起手機了，「我在聯絡了。」

社辦一瞬間又變得沉重起來，大家各自打電話聯繫，有空的人則先檢視于欣洗出來的照片！汪聿芃滾著滑鼠，看著社團剛發出的訊息已經在短短一小時內，被分享了幾千次。

「那，那個孩子呢？」她對著螢幕自言自語，「學長聽見的腳步聲、我聽見的……又是什麼？」

正在收拾的童胤恒停下動作，對啊！他們忘記在拍攝廣告時，那個在樓梯上奔跑、塞在樓梯下方三角空間的小孩。

「這個都市傳說裡，只有死亡的孩子，沒有其他小孩了……」童胤恒沉吟著，「妳覺得那個也是都市傳說的一部分對吧？」

汪聿芃點點頭，因爲從頭到尾，那個不見人影的腳步聲，就是嵌在廣告傳說中的。

「要不要去找找那邊發生過什麼事？」蔡志友冷不防的站在汪聿芃的右手邊，嚇得她顫了一下身子，「幹嘛，看到鬼喔？」

汪聿芃拍拍胸膛，「出點聲啊，我很容易被嚇耶！」

……妳確定？童胤恒到口的話沒說出來，黑暗的地下攝影棚都想直接衝下去了，這叫很容易被嚇？

「你覺得攝影棚有出過事就對了？」童胤恒點點頭，順手抄寫MEMO。

「以前在科學驗證社時，很多事情都是從這種怪現象開始的，多查不會少塊肉。」蔡志友倒是中肯，「除非汪聿芃有幻聽、學長說謊，不然怎麼會有這麼多人聽見腳步聲？這件事本身就玄。」

「我做過實驗了，跑再快都不可能。」汪聿芃認眞的指指童胤恒，他即刻點頭，對對對。

「一個科學驗證不了，就得找下一個，直到找出爲止。」蔡志友嘆了口氣，「但如果……找不到的話，嗯哼。」

嗯哼，童胤恒點著頭，他懂。

「說不定，那個奔跑的腳步聲，是觸發整起都市傳說的關鍵咧。」童胤恒喃喃自語，只對著汪聿芃，「就像花子……」

在那個詭異的廁所裡時，只有他跟汪聿芃，兩個人恐懼交加的躲在某間廁間裡，聽見輕快的聲音響起。

那瞬間他們才明白，「廁所裡的花子」一直都在，只是那一刻有兩個花子：一個是都市傳說，一個是很久以前枉死在廁所裡的女孩。

「但那不是死掉的小天使，小天使太小了，還不能跑，也不會說話。」汪聿芃盯著鍵盤。

那是誰？是誰這麼輕快愉悅的奔跑？是誰笑著希望大家快點去？

「袁小姐，不是……我們是——喂！喂！」簡子芸激動喊著，然後看著自己被切斷的手機，「太扯了吧！」

「被掛電話了？」康晉翊立即掃向汪聿芃，「文章轉發了？」

「三千多次轉發！」汪聿芃準確報告數字！

蔡志友來回看著康晉翊跟汪聿芃，這才恍然大悟，「什麼！你們什麼時候發出去了？」

那已經不是重點了，簡子芸懶得回他，「袁巧君很生氣，他們說我們在亂帶

風向，我跟她說明了這件事明擺著就是都市傳說，他們應該要立刻把廣告下架，她就掛了。」

「有沒有提到……那個導演的事？」童胤恒緊張的問。

「還沒，我解釋一句她打斷五句。」簡子芸無可奈何，開始用傳LINE的方式。

「吳導的事我跟學長說了！」于欣從外面奔回，「學長說他會盡力，但吳導很討厭他，不一定會接他電話。」

「不管，跟吳導身邊的任何一個人說都好！不要看廣告，也要注意吳導的情況。」康晉翊喊著，「我們明天得再去一趟電視台，必須認眞的解釋都市傳說。」

認眞的解釋都市傳說……這其實讓童胤恒很擔憂，他們很認眞的看待一切，但不代表別人也這麼覺得啊。

多少人把都市傳說當成一種茶餘飯後的趣談？或是一種怪力亂神？尤其現在意外頻傳，跟死者家屬或是大眾說，這是因爲一支廣告被詛咒引起的，這是一種突然竄出的都市傳說……

誰會信啊？

「大家先冷靜點，我覺得不要急。」童胤恒語重心長的出聲，「社長這樣貿然去，說不定上不了樓就被趕出來了，看袁巧君的反應就很明顯了，根本沒人信。」

「就算信，她也難敵大眾、難敵上司。」簡子芸剛剛也想到了這層，「我們用都市傳說這種理由，想讓他們把廣告下架，解釋命案，根本說不通。」

因爲都市傳說這種事，原本就不是常理啊！

「那個警官呢？」陳偉倫提出了建議，「我們不是有個熟悉的警察可以幫我們？」

康晉翊雙眼一亮，「對啊，可以請教章警官！」

汪聿芃此時突然緩緩起身，拿起手機，手機在掌心上轉呀轉的，她的視線也環繞著，從左到右，從右到左。

「又怎麼了？」連回頭都不必，童胤恒就完全感受到她的異狀了。

「現在廣告下架是最佳方式對吧？」汪聿芃一字一字，總是慢條斯理。

「那也要他們願意啊！」蔡志友也有點悶，只怕就算再有意外，也沒那麼容易被「都市傳說」四個字搞到下架，「這種事不是怪力亂神的輿論可以解決的……我不是在唱反調，我是在用一般人的立場說。」

「有道理啊！但是再播下去，天曉得還會死多少人！」小蛙摔著滑鼠，「問題是電視公司哪會鳥我們！我們那個學長又沒什麼用！」

「如果，」汪聿芃泛起了微笑，「我們找學姐呢？」

「哪個學……」童胤恒瞬間亮了雙眼——對啊！

爲什麼不找學姐呢！學姐一定會信他們的，畢竟——她是都市傳說社的傳說啊！

第七章

誰是第一個？

『我認爲在有疑慮的前提下，暫時下架廣告對大家是最好的選擇，畢竟意外頻仍，而且也都難以解釋，國外就曾有因爲一首歌造成聽眾集體自殺的案件，音調也能造成一種催眠效果。』

電視牆上，英氣逼人的女人對著鏡頭說話，雙眼直視著大眾，誰都可以瞧見她的堅定。

『我知道你們想問我，是否相信網路上的流言，是否相信Mio的蘋果汁廣告可能是都市傳說，是所謂被詛咒的廣告。』女人紅唇劃上淺笑，『想問我這個問題的人一定是傻了，別忘了我之前就是都市傳說社的社員。』

『在這裡，我強烈、希望，食品公司考慮，暫時下架蘋果汁廣告，在更多死傷傳出之前。』

哇……汪聿芃看著電視公司外那高達數層樓的電視牆，心裡由衷的發出讚嘆聲，好、帥、啊！

「學姐眞是帥呆了！」並肩的童胤恒也傾慕的看著電視牆，「我聽說她要到海外參加比賽了耶！」

「小靜學姐一定會贏的！」簡子芸也一副與有榮焉的樣子，「多虧了學姐，昨天廣告就下架了！」

FRANCE

「但網路上還多得很咧，依然有人不怕死的想看看到底被詛咒是怎麼回事！」小蛙只能嘆息，「這種人我們只能讓他自求多福了。」

「能做的我們都做了，剩下的……」康晉翊看著電視台大門奔出的于欣，「來了！」

于欣跑得上氣不接下氣，令人擔憂的是她只有一個人走出，康晉翊趕緊小跑步迎上前，于欣跟張佑裕關係好，所以讓她去交涉看看能不能再進去一次，結果出來的卻只有于欣。

「不行嗎？」他焦急的問。

「呼……呼……」于欣顧著喘氣，豎起大拇指，「沒、沒問題了！」

汪聿芃趕緊從包包裡拿出水瓶，直接遞給于欣，「妳怎麼這麼喘啊？」

于欣接過水瓶，咕嚕咕嚕的一口氣灌了半瓶，「我不敢坐電梯啊！」

「嗄？」童胤恒忍不住笑出來，「妳難不成爬上三十七樓？」

于欣一副快累死的樣子，沒力的點點頭，其他人忍著笑，眞的是很天眞的人啊！三十七樓上上下下，難不成她等等還得再爬上去一次。

「妳好奇怪喔，如果妳眞的會被催眠，不管走哪裡都一樣吧！」汪聿芃正經八百的糾正，「都市傳說是『被詛咒的廣告』，不是被詛咒的電梯！」

噗……連簡子芸都忍俊不住，于欣大概是那天看見有人活生生跳下電梯井裡，被嚇到了吧！

「學長呢？」

「學長根本被降職了，吳導超惱他的，這次是阿祥……就那個胖胖男生幫忙的！」于欣終於緩了些，開始發放識別證，「吳導今天剛好不在，所以我們可以進去。」

「吳導還活著啊？」汪聿芃親切的關心著。

大家看向她，複雜的心情又氣又想笑，今天也趕上的蔡志友忍不住讚嘆。

「汪聿芃，我支持妳等等看到吳導時也這麼問他！太屌了妳！」蔡志友邊說邊直接大手攬過她。

「不要亂教！」童胤恒立刻扯回來，「喂，這句話不能問，妳這明擺著他應該要死了嗎？」

「他是啊！」汪聿芃非常理所當然，「按照都市傳說的順序，導演閃不掉的。」

于欣覺得沒那個心臟再跟汪聿芃聊下去，直接旋身帶著大家往電視台裡走。

康晉翊沒忘邊走邊回頭跟汪聿芃交代著，等等不能這麼問，在非必要前不要隨便開口。

「不過我覺得她提到重點。」童胤恒不是幫她說話，實在是汪聿芃其實總是言之有理，「廣告下架是一回事，但這個都市傳說已經存在了。」

「對啊，最多只是不會波及到一般人而已。」汪聿芃立刻點頭，幸好童子軍懂她，「但是這支廣告拍攝完成了『被詛咒的廣告』。」

一般人就像陳偉倫，他這次沒跟，心緒非常不穩定，不敢看手機也不敢看電腦，康晉翊已經通報學校進行心理治療了。

「現在下架事情並不會停止。」簡子芸語帶沉重，「因爲我們根本不知道怎麼讓這個都市傳說停下。」

「當年是怎麼停的?」蔡志友好奇的問，討論時大家沒討論到啊。

「死得差不多就停了啊!」小蛙整個口無遮攔，「我記得總共——」

「小蛙!」康晉翊回頭低語警告著，同時間他面前的自動門開了。

一群人戴有訪客證、光明正大的進入電視台，但也盡可能低調，別一副來參觀的模樣，也千萬不要讓人認出他們是都市傳說社的人。幸好現在的都市傳說社不怎麼有名，跟夏天學長時代大相逕庭，沒多少人知道他們。

于欣還是堅持要走樓梯，大家只好先搭電梯上去，三十七樓會合。來帶他們

的是劉允容，袁巧君跟阿祥，還多了一個沒見過的男人在上次的會議室等待他們。

「重新配樂？」康晉翊忍不住驚呼出聲，「然後就要接著重新上架!?」

「是的，我仔細看了你們的文章，你們認爲關鍵在曲目，所以我們把配樂換掉就好了。」男人西裝筆挺，是袁巧君的頂頭上司，「全部換成大家熟悉的音樂，就不會有爭議了，廣告剛剛就重新上架了。」

康晉翊覺得還是不安，他看向簡子芸，她也在思索這個可能性。

「換曲子好像也挺不錯的。」小蛙歪著頭，「片子也剪一下吧，死掉的那個小孩……」

男人略微緊繃，像是不習慣他們知道太多似的，「剪掉了。」

「是不是這樣就不會再有狀況了？」袁巧君只在意這點。

「我……」簡子芸才想開口，汪聿芃直接就搖頭了。

「當然不會啊，廣告已經存在了。」她手指在光亮的桌面上敲著，「『被詛咒的廣告』已經拍攝完畢了。」

簡子芸無奈的看著身邊的女孩，她認眞覺得汪聿芃應該好好訓練一下說話技巧……總是稍微婉轉一點嘛。

「什麼!?妳的意思是……換掉曲子一樣有事！」阿祥可膽寒了，「可是你們不是說，都市傳說是因爲用了不該用的曲子嗎？」

啊呀，童胤恒制止汪聿芃再開口，只是把自己的水杯往前推。

「簡單想，這杯水就是你們的廣告，它就是『被詛咒的廣告』，就是都市傳說，這是已經存在的東西，不是換掉水或換掉杯子就可以抹滅的。」

「我們拍的廣告……是都市傳說？」劉允容有些無法接受，「怎麼可能!?我們只是拍了一個蘋果汁的廣告而已啊！」

男人伸手要下屬噤聲，「這些都不是重點了，我不管拍出的是什麼，老實說我對都市傳說也是半信半疑，但是現在我只想知道兩件事——」

「我們無法保證任何事。」康晉翊打斷了男人要的保證，「依照這個都市傳說的脈絡，曲子是關鍵，但換了曲子還會不會繼續出事，我們眞的不知道！但是總比用原曲好……話說，原來的配樂是？」

男人深呼吸一口氣，欲言又止，但又不是很情願的想說，瞥了眼袁巧君，讓她從地上袋子拿出一片CD。

CD盒非常陳舊，上面滿是刮痕，沒有封面，只有一張泛黃的紙塞在裡面。

康晉翊不敢太貿然的拿過，他是起身趴在桌上，往前探看著。

「好舊喔！」某隻手直接拿過來ＣＤ盒，汪聿芃直接就打開來看了，「你們好歹換個盒子嘛，這盒子也鬆了！」

汪……汪聿芃！童胤恒措手不及，她就這樣打開來了！

「25？」童胤恒看著ＣＤ上的數字，「沒有任何曲名啊？」

「找不到資料。」男人實話實說，「這是公司擁有版權的曲目，找不到作者，裡面就只有這段曲子，我們只能確定是屬於公司的……很多這類曲子，公司覺得可用，買下版權後放在資料庫，需要時就調出來用。」

汪聿芃反覆的翻看著，除了25這個數字外，眞的沒有任何人的名字或曲目名，「連來源都很神祕呢！」

說不定，是某天自然出現在他們資料庫，來自都市傳說的世界。

「我們找到時也有點發毛，老實說跟你們的推斷還有點不謀而合，沒有成因沒有來源的都市傳說……跟這片ＣＤ一模一樣。」袁巧君緊繃的手不停的一張一握，「所以我們才毅然決然決定換曲子。」

「或許……會好一點吧。」童胤恒把ＣＤ接過，其實仔細看，ＣＤ片上有些書寫過的痕跡，像是鉛筆，寫了又擦掉，似是紀錄過些什麼，但已經看不出來。

「我們無法保證，只能說按照『被詛咒的廣告』來看，至少聽到的大眾不會再有狀況。」簡子芸根本也拿不準主意，「但我還是覺得不要上架最好。」

「不可能。」男子斬釘截鐵的拒絕，「妳以爲這是什麼學校公演嗎？說撤就撤，食品公司怎麼辦？我們公司怎麼辦？換了曲目，剪輯後再播放，便是兩全其美的辦法。」

「可是──」康晉翊還想說什麼，但立刻就被男子擋下。

「這首曲子也不是第一次用於廣告，之前就用過了，但那時並沒有出事，所以我們已經因爲你們的推測及不負責任的網路發言做了更動，還想怎麼樣？」

一旁的小蛙不爽的在那邊扔筆踢椅子的，雙手枕於後腦杓，用一種不屑的眼神看著他們，「都市傳說社」的成員想法自然都一樣，誰會冒險再讓廣告上架。

「隨便他們啦！社長。」小蛙挑了眉，「不過呢，你們知道嗎？我覺得這支廣告隱約有問題，也跟那個吳導脫不了關係。」

什麼!?阿祥他們立刻看過去，「爲什麼？」

「如果你看過都市傳說那支廣告，就會知道了。」小蛙神祕的笑著，「你們吳導拍得跟那支廣告是真～像～哪～」

咦!?袁巧君兩眼瞪直，這是什麼意思？

「你是說吳導抄襲？」劉允容驚愕的問。

「致敬吧，氛圍手法都一樣……說不定惹惱了都市傳說？」小蛙分明故意，「哈哈哈，我隨便講的！」

跟都市傳說一樣？劉允容立刻看向同事，吳導難道仿拍都市傳說本尊嗎？我的天哪！

「是不是要考慮暫緩上架？」袁巧君緊張的問著主管，這又是不同層級的問題了！「萬一被檢舉……」

男子緊擰眉心，他萬萬沒想到吳導會幹出這種事！「都已經上架了！打給他。」

袁巧君頷首，即刻撥打電話。

「我們還有個問題！」蔡志友突然出聲，「C-2攝影棚以前曾出過什麼事嗎？」

什麼！男子幾乎是即刻站起的，用一種不可思議的眼神瞪著蔡志友，彷彿在問你爲什麼知道！

袁巧君連撥電話的手都停住了，但是阿祥跟劉允容看上去是有點不明所以，還在問「就這件事啊！」。

但光從男子的反應就可以知道，的確是出過事吧……康晉翊擱在桌上的雙手握拳，有種更進一步的期待感。

「我，」汪聿芃凝視著男子開口，「在C-2攝影棚聽見了像小朋友的奔跑聲。」

「咿——」劉允容整個人跳起，椅子向後推撞上牆，「妳……什麼時候?」

阿祥也臉色刷白，「爲什麼跟小張說的一樣!」

「就前天啊，學長帶我們去參觀後。」汪聿芃肯定的說著，「在鐵梯上跑上跑下，在拍攝處奔跑……死掉的小Baby還不會跑吧!」

男子撐著桌面的雙拳緊握，袁巧君好不容易才把電話撥完，大家都可以聽見電話的通話聲，嘟嚕嚕的在沉悶的會議室裡傳開。

「小張之前就說了，吳導不相信，我也……」

「C-2裡面到底有什麼啦!?媽呀，我明天有東西要在那邊拍耶!」阿祥都快哭了。

電話響了兩輪，吳導看來是沒接電話，沒接電話就不代表有好事。

「吳導沒接。」袁巧君的聲線緊繃。

「嗯……」男子嘆了口氣，「阿祥跟劉允容都先出去吧。」

啊?下屬就算覺得奇怪，但還是聽話的離開，在離開透明會議室前，他們同時對著康晉翊使眼色，表示等等有事找他們。

袁巧君關上門，神情凝重。

「你們在說一件很玄的事情，我全身都起雞皮疙瘩了。」男子沉重的說著，「幾年前，有個男孩死在攝影棚裡的新聞你們知道嗎？」

誰曉得啊！一票人都搖搖頭。

「這種新聞多如過江之鯽，誰會記得！」男子一抹苦笑，「當時鬧得再大，一轉眼大家都忘了……或許只有處理事情的我們記得吧。」

「忘不了，太難了。」袁巧君深吸了一口氣，「幾年前有男孩被遺留在攝影棚，被找到時已經死亡，驗屍報告被檢查出有瘀傷，死因是頸部骨折，最後證實是受虐兒。」

蔡志友怎麼聽都不對，「攝影棚？受虐兒？怎麼會發生在攝影棚裡？」

「那是某童星的弟弟，他父母只注意在鎂光燈下的姊姊，卻忽視弟弟，平時覺得他不懂事太吵，因此常嚴厲管教……」袁巧君一邊說，簡子芸突然想起來，好像有這麼一個新聞！

「妞妞？就是妞妞吧！好幾年前的事了，她那時也才七歲？六歲？我記得在鏡頭前哭得好傷心！」簡子芸細節記不清了，「好像是她的父親……」

男子沉痛的點頭，「其實也是意外，妞妞的父親出手過重，不巧把他從那、個、樓梯推下去。」

C-2那個對孩子而言永遠太陡的鐵梯。

這麼一提，大家隱約有印象，童星之父一邊捧著可愛的女兒在鎂光燈下，另一邊卻虐待小兒子，當時還很多人擔心妞妞也是受虐兒之一，檢方甚至展開積極調查，心理醫生輔導，最後證實妞妞並無受虐，才讓社會大眾放心。

「難怪妞妞會拒絕到那個攝影棚拍攝……」童胤恒回想起那女孩哭得滿臉是淚，抗拒得可憐，「你們也眞奇怪，明知道她弟弟在那邊死亡，還讓她在那邊拍戲！」

「這你錯怪我們了，是妞妞的媽媽要求不要特別避開那個攝影棚。」袁巧君實在很爲難，「因爲妞妞已經忘記弟弟死亡的事了！她完全忘記事件發生那天的事，不記得弟弟是怎麼死的。」

「嗄？可是她當時不是哭得很慘嗎？還是打擊過大？或是年紀太小？」

「醫生說可能是打擊過大，因爲父親推弟弟下樓時妞妞就在現場……大家看見她哭得悽慘的隔天醒來後，她竟忘記了前晚的事。忘了也好，所以我們決定說弟弟是病死的，妞妞連弟弟那天跟她一起去攝影棚都不記得。」男子露出一抹欣慰的笑容，「有時遺忘眞的是上天賜予的幸福。」

在場眾人啞然，這也只能騙一時吧，等她長大了自然會去搜尋到過往的新聞。雖然那弟弟有些可憐，但是對目睹慘案的孩子而言，的確遺忘不見得是壞事。與其讓她認爲弟弟是其他意外或病故，也總比記得是被父親虐待而亡的好。

這麼一提，大家都開始回憶起當年的星爸虐兒致死案。

「再怎樣也好幾年了吧！這當中有發生過類似奇怪的事件嗎？」蔡志友完全搬出以前在科學驗證社的姿態，「我不是指這種詭異的都市傳說，而是有聽過孩子奔跑，或是誰在C-2裡撞見過什麼？聽見什麼？」

袁巧君睜大雙目，明顯的在思考，男子也微蹙起眉，瞥偏著頭，看樣子也在搜尋相關記憶。

「好像沒有啊！」袁巧君驚異的出口，「當年我們法事、超渡都有做足，那個攝影棚用了無數次，從來沒有過什麼怪異現象……就算事發後大家一度毛毛的，但是想到是個才三歲的孩子也沒有太在意。」

「這麼說來，的確只有這一次。」男子略施力的在桌上敲著，「拍攝蘋果汁廣告那天，從張佑裕說他聽到怪聲開始！」

他記得那天吳導氣急敗壞的來找他，說張佑裕是個極不稱職的員工，居然在拍攝期間在樓梯上奔跑。其實他心底根本不相信，他跟小張沒多熟，但是他就是個比較內向膽小的人，做事謹守本分，明知拍攝還發出聲音？有常識的員工都不可能這麼做！

所以他沒信，也沒給小張處分，吳導爲此惱他惱到現在。

「這就怪了，這幾年都沒事，偏偏這次廣告出了狀況。」蔡志友劃滿微笑，「你們就沒人覺得怪喔？」

「我……我們怎麼知道？都市傳說也是你們學校傳出來的啊！」袁巧君倒有點不高興了，「話說回來，你們都沒得商量的嗎？直接發在網路上，現在網路根本是燎原模式！」

「這是爲了大家好吧！」康晉翊更不悅的打斷她，「繼續播放那個廣告，倒楣的人更多，你們負得起責任嗎？」

「我們也很爲難，投資方是食品公司請你們不要忘了。」男子看向蔡志友，「我想我們再做一次法事好了。」

袁巧君立刻在手機上紀錄。

「唉唷，這是都市傳說，又不是靈異事件。」趴在桌上的汪聿芃雙拳疊高，下巴在上頭晃呀晃的，「沒用的啦！」

簡子芸在桌下推她，別說得這麼直接嘛！

「那現在怎麼樣？廣告都已經重新配樂了，我們還能做什麼？」男子火氣明顯升高，「要全面下架是不可能的事，依照都市傳說的模式，我們承認歌曲來源不明，現在換了歌，然後呢？」

「然後我建議你們快點找到吳導。」康晉翊腦子裡一直在轉著這件事，「回到都市傳說的原點，現在只是保障外人的安全，但別忘了整個劇組。」

「『被詛咒的廣告』的死亡順序，下一個是導演的可能性超～高～」小蛙拉高了分貝，「都一直沒人接，你們不擔心的喔？」

男子立即瞟向袁巧君，她慌張的站起，抓著手機就往外衝了。

玻璃會議室的遠方，阿祥跟劉允容在那兒揮著手做手勢，唯有背對的男子不知道而已，所以康晉翊率先起了身，強烈建議男子注意整個拍攝劇組的人身安全。

「沒有人確切知道什麼時候會停止，被詛咒的廣告已經誕生，這個都市傳說恐怕會繼續下去。」簡子芸一一舉例，「有服毒自盡、有上吊、有服藥自殺、跳樓、臥軌……」

「好了好了！」男子聽了就覺得毛骨悚然，「我會嚴加留意的。」

汪聿芃急著想往外走，若不是童胤恒拉著，她已經衝出去了。

大家一一禮貌的跟男子道別，男子與康晉翊交換電話，嘴上雖然說他們幾個人製造了麻煩，但是他心底還是寧可相信五分的。

這種人力無法控制的事，玄奇的都市傳說，叫人怎麼應付呢？這次的危機公關，眞的是他人生的考驗啊。

回身就看見來不及住手的阿祥，他前一秒正努力朝康晉翊他們招手，下一秒與男子四目相交後當下僵在原地，男子只是輕哂，擺擺手代表一種隨便你們，才讓阿祥鬆了一口氣。

想也知道，阿祥他們跟張佑裕要好，張佑裕因爲帶這幾個學生進來被吳導告發，他找不到好藉口護住，只好先把他調去打雜，並且離開吳導的劇組，找機會再把他調回來就好。

這個廣告不是他的錯，他只是……剛好聽見了不該聽的聲音罷了。

「小張這幾天超憔悴的，一直睡不好，他現在被排到另一個導演下面去打雜。」劉允容說得很心疼，「他又沒錯，但吳導就是找他麻煩。」

「所以他找我們什麼事？」康晉翊不解的是這個。

「他說想到重要的事，要跟你們討論。」阿祥接口，「但我跟劉允容一點兒都不想聽，就急著找你們來了。」

一群人進到另一區休息室，蔡志友一眼就看見了在走廊上蹦蹦跳跳的孩子們。

「妞妞！」他興奮的大叫著，除了妞妞外，現在當紅的童星幾乎都聚在外面吃點心，今天是錄什麼童星大集合的活動嗎？

「蔡志友！」小蛙立刻拉住他，「你在幹嘛啦，低調低調！」

「喂，讓我去要個簽名自拍一下吧，萌娃娃都在一起耶！」蔡志友眨了眨眼，「說不定可以順便問問，她們為什麼討厭C-2啊！」

咦咦咦！童胤恒即刻把小蛙的手拉開，「看清楚，那天是妞妞跟恬恬……妳知道吧現在穿紫色紗裙那個……」

「拜託，她們是最要好的童星誰不知道！我去問問就來！」蔡志友挑了眉，異常開朗的朝孩子們走過去。

那兒有五、六個小朋友，年紀相仿，都是當紅的童星，今天剛好有個談話性節目，要來聊聊這些童星生活上的辛苦，恰巧給了小朋友聚會的機會，可愛的清脆笑聲此起彼落，又跳又鬧的，好不開心。

阿祥帶著其他人轉進一個岔路走廊裡，蔡志友則蹦蹦跳跳的走過去，誠懇的拜託合照。

孩子們都很大方，像是習慣了這樣的行爲，加上這裡是電視台，拍照是沒有關係的！在學校的話，他們偶爾就會覺得很煩。

「哇，謝謝！我妹超喜歡妳們的！」蔡志友邊說，妞妞居然把她們正在吃的甜甜圈遞過來，「給我的嗎？」

「你餓嗎？我們有一大盒！」她邊說，一旁的小男生跟著用雙臂比了一個大圈，重複說著：一～大～盒。

「謝謝！我妹要是知道妞妞給我吃甜甜圈，一定興奮死了！」蔡志友好感動看著手上的甜甜圈。

「不會啊，那也給妳妹妹一個好了！」妞妞轉身，「草莓的好不好？」

「好好！我妹最喜歡草莓了！」蔡志友猛點頭，天曉得他妹妹已經高三了好嗎……善意的謊言，善意的謊言啊。

只見妞妞挑個粉紅色的草莓甜甜圈，上面還有繽紛的彩糖，愉快的遞給蔡志友。他笑著收下，抽過幾張紙巾好整以暇的把甜甜圈包好，說這樣帶回去給妹妹吃。

「你是做什麼的啊？」恬恬好奇的問，「那些你朋友嗎？」

那些，小小的手指指向了已轉彎消失的童胤恒他們。

「啊……是啊！」蔡志友有點訝異，小朋友有注意到他們剛剛一起嗎？

「上次有看過他們耶，但上次好像沒有你！」妞妞一雙大眼咕溜溜轉著，「你有小鬍子，他們沒有，嘻！」

咦？哇塞！這小朋友記憶力跟觀察力也太好了吧！上次不過兩天前，康晉翊說過他們有遇到童星哭鬧著不想進C-2攝影棚，這兩個小朋友居然記得啊！

「妳們好厲害喔，竟然記得他們！」蔡志友趕緊祭出讚美模式，「他們也記得妳們，說妳們哭得好可憐，不想去那個地下室拍攝！」

一說到地下室，幾個小朋友即刻噤聲，臉色變得有些恐懼，小嘴全噘了起來。

「他說那個樓梯地下室喔？」

「對啊，就那個叩咚叩咚的！」男孩用力踏步，模仿走在鐵梯上的聲音。

「那裡可怕，不喜歡！」恬恬直接別過身去。

妞妞聳了聳肩，「大家都討厭那裡啊！而且這兩天大人都在說Mio姊姊的事！說那個廣告是什麼……都市傳說！」

啊咧，連小朋友都知道了！看來這件事也傳遍整個電視公司了。

「還有人死掉了！」恬恬突然轉回來，「掉進電梯裡面，好可怕喔！」

「不怕不怕，你們有媽媽有經紀人在，跟好他們，小心一點就沒事的！」蔡志友連忙安慰，「就像那個地下室，我們不要去就沒事了啊！」

「嗯……」孩子們點點頭，他們本來就沒有想下去的意思。

妞妞靈活的雙眼望著蔡志友，咕溜溜轉著盈滿好奇，「那你們下去做什麼？你們也是演員嗎？」

「啊……不是不是。」蔡志友把識別證拿出來，「我們是來參觀……也不能這樣說，就是去看看那個地下室爲什麼有問題啦。」

「爲什麼呢？」小朋友紛紛瞪圓雙眼聚過來，又怕又想知道答案。

「因爲都市傳說吧，我看新聞這樣說。」妞妞算是年紀最大的，說得理所當然，「小靜姊姊也這麼說，說大家會受傷都是都市傳說。」

「那什麼是都市傳說？」恬恬緊張的問。

呃……妞妞眨了幾下眼，答不出來，只好轉過來期盼的看著蔡志友。

「呃，都市傳說就是……一種可能會很可怕的東西！所以我們想幫忙查查，總是希望不要再讓你們大家怕那個地方啊！」蔡志友故作俏皮的一笑，「所以告訴哥哥，你們爲什麼怕那裡？怕什麼呢？」

孩子們即刻縮起雙肩後退數步，每個人都抿唇不想說話。

「是討厭，才不會怕！」妞妞噘起嘴踢了踢腳，「誰會怕它啊！」

「什麼傳說的，沒聽過！」男孩跟著應和，「我也不怕，我是討厭它！」啊就都不知道都市傳說是啥碗糕了，還討厭個屁啦！

「好啦，大家要準備囉……」女人從裡頭走出，「在聊什麼啊？」

「聊那個可怕的地下室！」恬恬毫無遮掩的說。

女人臉色當下一驚，倏地將妞妞往後拉，護在身前，「你是什麼人？記者嗎？……」她瞄向識別證。

「沒沒，我只是訪客，沒事的。」蔡志友趕緊跳起身，誠懇的亮出識別證，「我們只是閒聊，我很喜歡妞妞跟恬恬她們，合拍一下想回去給我妹看！」

「不要跟小孩子說那些有的沒的！」女人將妞妞推進休息室裡，「說過了，不要隨便跟陌生人說話。」

看起來不是妞妞的母親就是經紀人吧。蔡志友連忙後退，不停賠不是，女人沒再理他，急著把所有小朋友都送進休息室裡，將門給關上。

唉，沒什麼進展啊！蔡志友回身抓著頭，不過可以確定童星們都很討厭那間地下室攝影棚啊……他們不該會知道當年的命案吧？有童星搞不好事發時才兩歲咧。

但他們一直都不喜歡那裡，難道公司眞的不知道嗎？妞妞母親不是也說過既然她忘記弟弟死亡的因素，不需刻意避開C-2比較好！

所以……蔡志友微微一笑，看來還有些事情，需要再驗證啊！

「你說誰？」拔高音的不是「都市傳說社」的任一個，而是掩嘴的劉允容，「怎麼會？」

張佑裕用了一間雜物室當臨時會面處，活動長方形白板上寫了與都市傳說社裡一樣的資料，蘋果汁廣告拍攝以來出事的人、事、地點。

「從你們說跟曲子有關開始，我就在想這件事！」張佑裕焦急的走來走去，無一刻消停，「你們看，一開始的摔樓、撞牆，到刺傷Mio的小展，然後是電梯事件……電梯事件裡沒有我們劇組的人。」張佑裕用紅筆圈起藍字上半部，「你們也說了，被詛咒的廣告是那個廣告的劇組人員陸續出事！」

「是，所以？」康晉翊不明白，「王元凱是誰？」

因爲剛剛一進門，張佑裕就急得衝前要他們去找王元凱！

「那是我們的混音師啊！」連阿祥都丈二金剛摸不著頭腦，「前混音師！他突然辭職，氣得吳導火冒三丈，也牽托小張！」

「又牽拖你？」汪聿芃覺得有點誇張，「幹嘛什麼都你啊？」

「那不重要！你們說劇組人員接連出事，記得嗎？如果辭職算出事，那我們第一個出現狀況的是混音師啊！」張佑裕緊張到有點錯亂，「歌曲一定是他選的，他負責後製跟混音，開始製作第二天他就閃電辭職，什麼都沒說、也沒辭呈，完全違反勞基法，一通電話說不來就不來！」

「最先聽到曲子的人嗎？」康晉翊明白他的意思了，「所以你認為混音師可能察覺出什麼，所以他辭職嗎？」

「不不不……」張佑裕身體緊繃著，都快哭出來，「我覺得他出事了，我眞覺得他出事了！」

童胤恒連忙上前，箝住他肩頭，穩住他情緒，「你慢點學長……深呼吸……深呼吸，記得嗎？他是打來辭職的，表示意識清醒吧！應該不至於出事……」

「你不懂！」張佑裕驀地激動的抓住童胤恒的一雙手肘，抬頭喊著，「他的口吻很怪，就像就像——」

就像那天掠過他身邊、急著衝向電梯的人們一樣啊！

「學長，你不要這麼激動！」簡子芸也敢忙上前，「你顧慮得沒錯，如果眞是曲子，混音師的確第一個受到波及……你聯繫他看看？」

「就是……就是聯繫不到！他手機關機，LINE完全不回。」張佑裕痛苦的說著，「FB已經好幾天沒刷新了。」

阿祥他們趕緊拿手機出來刷，跟著倒抽一口氣，「會不會是把我們封鎖掉了啊？畢竟都離職了！」

「元凱不是這種人！」劉允容咬著唇，「已經三個星期了，就他說離職後FB都沒更新過！」

大家平常都忙得焦頭爛額，就算他的突然請辭讓所有人措手不及，但手邊工作還是得繼續，沒人有餘力能顧及他人。

「他住哪裡？」康晉翊即刻要求地址，「如果在這裡，我們就去看看。」

「好好……不遠！」劉允容即刻翻找地址，「我們都住附近，工作機動性高。」

汪聿芃站在原地，看著不停發抖的張佑裕，爲什麼學長會抖成這樣？她緩緩趨前，直接蹲下來，又一次把自己的臉硬塞在別人的眼前。

「哇啊！」張佑裕被嚇到彈起，幸好童胤恒還抓著他，「妳、妳幹嘛啊!?」

「汪聿芃！」童胤恒左手抓著張佑裕、右手拉起汪聿芃，「妳說話就說話，靠這麼近幹嘛？」

「我想知道，混音師說了什麼？學長這麼激動？」

「他……他說……」張佑裕邊說竟打了個寒顫，「我不能再繼續做下去……我該……走……了……」

我該走了。

「我問一個喔，」汪聿芃慢條斯里的問著，「混音師跟配樂是不是一樣？」

童胤恒詫異的看著她，嘴裡喃喃唸出了都市傳說「被詛咒的廣告」的順序，「Baby、配音、燈光、攝影……」

所有人均意會到而發寒，張佑裕的訊息，有種突然把配音送上嬰兒之後第一順位的感覺。

「不擔心，不擔心！」小蛙搖著食指，「別忘了道具後面是導演跟女明星，但Mio早就出事了，所以不吻合！」

是嗎？汪聿芃皺起眉，又沒規定人只能出事一次的，畢竟Mio還活著啊！

LINE傳進了康晉翊的手機裡，他點開一看到地址，即刻旋身，示意大家該走了。

「速戰速決，離這邊只有三站！」簡子芸查好電子地圖，「他說不定知道什麼！」

童胤恒很擔心張佑裕，但還是只能拍拍他，叫他不要擔心，一有消息就會跟他說的！張佑裕點點頭，只是喃喃說著事情究竟什麼時候能到頭？到底何時結束？

劉允容領他們出去，蔡志友剛好找了過來，誰都沒時間互相解釋剛剛發生的事，先把重點放在混音師王元凱的住所。劉允容說混音師的屋子有密碼鎖，因爲大家有時會去幫忙搬東西，還有王元凱常喝醉都是阿祥扛回去，所以有備份磁卡與密碼，東西塞進康晉翊手中後，大家便匆匆的要離開。

「那個……」身後有人沒移動，清甜的聲音遠遠響起。

童胤恒回首，實在忍不住喊天哪！「妳又幹嘛？走了啦汪聿芃……」

「我是想問……于欣呢？」汪聿芃兩手一攤。

于欣？小蛙低咒一聲，從一樓爬到三十七樓，沒必要爬一個小時吧！

「我去看！一樓見！」體能也極好的小蛙一轉身，就從就近的安全門樓梯衝了下去。

童胤恒趕忙跑回汪聿芃身邊拉過她，簡子芸拜託劉允容他們協助尋找，現在沒有時間耽擱，如果小蛙在樓梯裡沒找到她，或是她不知道他們在哪裡，或迷了路或……不管哪個，都請袁巧君或是劉允容他們留下她，再請她直接回學校吧。

當務之急，大家想知道的是——混音師究竟聽到了什麼，想要閃電請辭呢？

第八章

活體小丑

樓梯間沒有找到于欣，小蛙從三十七樓一路往下，沒有找到她的身影，手機有響但沒有接，LINE呈現未讀未回，不管打幾百次她就是沒有反應。

因為擔心，所以小蛙不得不放棄去找混音師的行程，留在電視台找尋她的下落，每個人心裡都惴惴不安；只是走樓梯上來，不可能憑空消失；更別說，于欣上次全程都跟著他們，迷路的機會太低，就算迷路她也該會問人。

或許……有太多可能性在大家腦海中排演，但是當他們離開電視台，看見重新上架的蘋果汁廣告時，全都打了寒顫。

速度飛快的廣告公司，用最快的速度剪輯、重新配樂後即刻上架，不管外面風聲如何鼎沸，他們不放棄任何一秒的黃金時段。新的廣告曲子採用世界名曲、死掉孩子的畫面也被剪掉，看上去沒什麼太大差別，但是對「都市傳說社」的人而言，這依然是「被詛咒的廣告」。

王元凱的地址在電視台外的三站輕軌，出站後還要走個十幾分鐘，但有電子地圖一切便利，由簡子芸帶路，很快來到一處偏遠地帶，是個很奇妙的荒土大廣場。

康晉翊直接看著前頭的大門磁卡，這裡沒有管理員，而且根本是以疊放的貨櫃屋組成的小城鎮啊！

「這是貨櫃屋嗎？」童胤恒不安的打量著，「他住這裡喔？」

「或許要處理音樂，安靜空曠的地方更爲適合。」康晉翊幫忙想了理由。

這是塊很大的空地，使用貨櫃組成像街道的地方，每組貨櫃兩層樓，出租給人，房租可能相當便宜，因爲貨櫃屋自然簡陋。

「沒有門牌號碼啊！」簡子芸原地繞了一圈，貨櫃屋上什麼都沒有。

「因爲這一區就一號吧！」童胤恒湊上前瞥了眼，「可能是房東負責發信……沒關係，應該很好認。」

他邊說邊走向就近的貨櫃，基本上沒有門牌號碼，各住戶應該會有自己的標誌，不管是姓名貼或是小牌子都行。童胤恒領頭找著，他看的速度很快，視力又好，往往遠遠一瞥就知道不是了。

「我從左邊去找！」蔡志友完全知道童胤恒在想什麼。

「不要落單，我陪你。」康晉翊謹慎的與蔡志友一組，他們朝左邊的巷道去，分工合作比較快。

汪聿芃反而走得很慢，幾乎故意脫隊似的，不時的回頭。

「汪聿芃！」簡子芸還得注意她，實在很累。

「聽。」她突然停下腳步，「你們有沒有聽到什麼？」

前頭四個人忍住不回首，「很不想聽到什麼。」

聽啊！汪聿芃闔上雙眼，有沒有一種細微的聲音，以固定的頻率發送的，咿——咿——咿——咿——

啊！童胤恒突然彈了指，回身往汪聿芃身邊奔去，「聲音在哪邊？」

「嗄？可是很小聲……」汪聿芃用力閉上眼，簡子芸直覺得汗毛直豎，汪聿芃的感應其實眞的很強。

不是那種什麼靈異的感應，是觀察力與敏銳度，或許跟一般人不太一樣，在意的事、看到的角度，但是往往如此，她總是比他們都先發現到不對勁之處。

頻道不一樣，也就不會陷入他們的盲點。

終於，汪聿芃緩緩的舉起了手，指向兩點鐘方向。

「走！」童胤恒拉了汪聿芃就往前跑，他們邊跑邊看向左手邊的巷道，在某個十字路口看見蔡志友他們時，即刻招手，「這邊！」

男孩們奔至，「爲什麼知道？」

「汪聿芃說聽到低頻音，反正有音樂就有連結。」童胤恒也不知道是哪兒來的神邏輯，或是潛意識相信汪聿芃。

一群人往兩點鐘方向去，確認方向後分工尋找就快了很多，不到五分鐘，就

找到一個外面貼著「阿凱」的貨櫃屋前了。

「應該是這裡了。」童胤恒看著音符貼紙，還有那個阿凱的牌子，往旁邊偷瞄，燈是暗的，「先禮貌點吧。」

敲門、按門鈴，最後大家甚至輪流喊著王元凱的名字，還不忘報上張佑裕的名號。

怕吵到別人，但是不喊大聲又怕對方聽不見。

「我們是張佑裕的朋友，他託我們拿東西來。」簡子芸謅了藉口，覺得這個比我們是電視台的人，來問你廣告的事優多了。

童胤恒走到一旁往被塞爆的信箱裡瞧，心中不安擴大，信箱裡沒有廣告紙卻也被塞滿，帳單……繳費單，能抽出來的就一疊了，裡面還有一堆。

「他不在啦！」筐啦！背後屋子的窗戶唰啦扯開，「很久沒回來了！」

鄰居果然嫌吵，在窗邊瞪著這票學生。

「是喔，歹勢喔……知道他去哪裡了嗎？」蔡志友社交很強，嘻嘻哈哈的問，「朋友託我們來找他啊，也說聯繫不上！」

「不知道，燈很久沒亮了，也不知道去哪裡！」男人指向外頭，「他的車子就扔在那邊，誰知道跑去哪裡玩了。」

車子？簡子芸即刻順著方向到貨櫃屋後面去，果然看見一台機車。

「謝謝厚，歹勢嘎你吵丟。」蔡志友笑著賠不是，轉爲正面時即刻朝康晉翊使了眼色。

康晉翊頷首，從口袋裡拿出磁卡。

「我們把東西放著寫卡片好了。」蔡志友假意揚聲說著，因爲他還沒聽見背後窗子關上的聲音。

「我有紙。」簡子芸嚷著，連忙作狀走過來。

唰，窗戶關上，康晉翊即刻上前刷一下磁卡，按下劉允容給的密碼。

喀，門即刻開啓，每個人緊繃著身子，再緊張也沒時間猶豫，飛快衝進屋子裡，就怕被鄰居看到，萬一報警他們擅闖民宅……呃，他們好像就是擅闖民宅！

汪聿芃是被童胤恒抓著推進去的，踉蹌往前，內心一個小鹿亂撞的刺激。

「好像拍電影喔！」她竟笑了起來。

「噓——」四個人同時用力的噓，殊不知這氣音眞是大到誰都聽得見了吧！超失敗的保密。

汪聿芃立刻縮著頸子噤聲，大家也爲剛剛那齊聲噓而懊悔，怕鄰居會注意到燈光，大家也不敢開燈，所以現在接近傍晚，還能從窗外透些光進來，但是混音

師家的簾子也算厚重，透進的光有限，因此蔡志友默默拿出了手機。

聽！汪聿芃緩緩亮起雙眼，聽見嗎？她緊緊揪住童胤恒的袖子，她剛剛說的聲音！

童胤恒以手掌捲出弧度擱在耳邊，詫異的聽見一種咿咿的聲響，聲音其實很小但極爲清晰，非常規律的咿—咿—咿—咿。

簡子芸轉向左邊，聲音從那邊傳來的。

五個人像被釘在地板上一樣，進了人家屋子卻不敢打招呼，現在反而緊張到連呼吸都不敢，遲疑著要不要往前。

啪！手電筒驀地大亮，直接照往左邊那用活動簾子拉起的空間，簾子上是電吉他的圖案，汪聿芃直接就走了過去。

汪汪汪汪聿芃！童胤恒與簡子芸同時一左一右的拽住她。

「妳幹嘛!?」連這句話都異口同聲！

汪聿芃反而差點沒被嚇出聲，她向後仰著左右看同學，「去看看啊！」

「妳衝什麼動啊！」康晉翊再把她往後拖，「萬一有什麼怎麼辦？」

「……」又見委屈，「我只是想知道……」

「裡面有什麼。」童胤恒已經完全理解她的邏輯。

有問題，就去解決！好奇，就去探查！想知道什麼東西存在，那就去看就好啦！

看到了，就知道是什麼了嘛！

這是正確無誤的邏輯，但是她完全沒考量到風險啊！他們是都市傳說社啊，爲什麼她行爲模式像科學驗……不對，像都市傳說冒險驗證社！

「說不定有可怕的東西存在，大家一起好嗎？」童胤恒溫和的說著，總是得給汪聿芃一個理由。

嗯……汪聿芃點著頭，但非常勉強。

五個人終於邁開艱難的步伐，往左邊角落去。貨櫃屋是長條狀的，門開在右邊，左邊的底端角落看起來是臥室，因爲其他地方都是音響跟混音設備。

逼近簾子時，童胤恒刻意讓大家閃遠些，不要就站在拉簾處的正對面，這樣萬一……萬一有什麼要衝出來的話，大家也比較好閃。

既然提到這點了，蔡志友順手抽過了掛在窗邊的雨傘，那大家用雨傘拉簾會不會更完美一點？

重點來了，誰要去掀？

我——汪聿芃立刻高舉手——「放下！」四個人氣音重疊得完美。

康晉翊沒遲疑太久接過雨傘，他是社長，理應他來處理，大家分散站開，童胤恒負責看著汪聿芃，拉到比較遠的地方，然後蔡志友把手電筒往地板照，不至於太刺眼……

康晉翊的手都在抖，手汗冒得連傘柄都快握不住了，一張一握，看著簡子芸倒數，三——二——

電光石火間，簾子的軌道陡然鬆脫，整塊瞬間掉下來。

「哇呀——」

鏗鏘砰啦的聲音震天價響，桿子跟簾子同時落下，激起一陣煙塵，發出驚人聲響，嚇得現場五個人尖叫不已！

康晉翊連簾子都沒碰到咧，就已經嚇得往後跟蔡志友撞在一起了！簡子芸直接被桿子打到瞬間倒地，童胤恒跟汪聿芃站得最遠雖然沒事，但也被嚇得魂飛魄散。

在巨響的瞬間童胤恒直覺性的護住汪聿芃，把她緊緊護在懷裡，縮起身子看煙塵冒起。

「幹！」蔡志友忍不住大吼，才能發洩他的怒火及恐懼。

天啊！康晉翊緊抓著他，覺得快嚇尿了！他手裡還握著雨傘，是哪間的施工這麼爛啊，居然……

「簡子芸！」他看見被打到跌地的簡子芸，她身上就壓著簾子，撫著頭看起來被砸到了。

「啊……」簡子芸一時來不及感受恐懼，因爲尖叫前她的頭被軌道桿打個正著。

康晉翊趕緊上前把簾子跟桿子推開，檢視她的頭有沒有大傷，看上去無外傷，桿子也不重，算是不幸中的大幸！

「這怎麼釘的，是用黏的嗎？」康晉翊抬頭看著天花板的痕跡，怎麼說掉就……

咿——咿——有個影子在眼尾範圍內搖晃著。

該要被扶起的簡子芸揪住康晉翊雙臂，她也不敢轉過去看，因爲那搖晃的影子她也發現了。

蔡志友驚恐的向後撞上牆，必須掩住嘴才不至於發出驚叫聲。

「啊……」汪聿芃淡淡微笑，「我就說我聽見了嘛！」

熠熠有光的雙眼直視著前方，意欲趨前，再度被抱著她的童胤恒拉回。

童胤恒不敢相信的看著那個搖晃的影子。

一個人影坐在床緣，他的身子極規律的左右擺盪著，雙肩垂下，看上去了無生氣。

汪聿芃注意到沒有光源，主動再度舉起自己的手電筒，照亮了大家一點都不想看得太清楚的範圍。

坐在床上的人穿著一身鮮黃色的小丑裝，戴著同色逗趣的帽子，臉上畫著死白的小丑妝。

他雙眼瞠到最大，兩頰的紅色頰彩是挖掉皮膚呈現的肌理，現在已經轉成暗紅色了，笑裂的嘴是割開的痕跡，傷口扭曲得像條毛毛蟲般，從嘴角往耳垂延伸。

「王元凱……」康晉翊顫抖的逸出三個字。

王元凱只是繼續規律的左右搖晃著，鮮黃色、笑到猙獰的小丑，汪聿芃忍不住覺得有種強烈的既視感。

「他、他他已經死了嗎？」簡子芸話不成串。

不知道，康晉翊不想去思考這個問題，因爲如果他是具屍體的話，究竟是如何規律的在床上這樣搖晃擺盪的？

童胤恒小心翼翼的趨前，他覺得……社長他們離他太近了。

他們正面對著王元凱，幾乎就在他床前……所以他上前，一邊盯著那晃個不停的王元凱，一邊將康晉翊及簡子芸拉向後。

「報警。」童胤恒回頭交代著汪聿芃，她卻緊抿著唇，凝視著那小丑。

甚至開始跟他一起晃。

「咿歪咿歪……咿歪咿歪……」汪聿芃喃喃說著，「欸，那個廣告裡也有小丑耶！」

「那是重點嗎！」童胤恒趕緊拽過她，「走，我們出去。」

怎知汪聿芃卻甩開他的手，突然直接往小丑面前跑去——「汪聿芃！」

簡子芸伸手拉住她的背包，她到底想幹嘛!?

爲什麼她都不會怕的啊！

「你該走了嗎？」她努力的趨前，皺著眉看著小丑，「王元凱？」

唰——剎那間，正向右擺的小丑驟然停住，簡直一秒煞車。

唔……所有人嚇到心臟都要停了。

誇張化妝的雙眼彷彿看著汪聿芃，小丑的身子驀地往前，下一秒砰的直接趴倒在地！

「哇——」簡子芸忍不住尖叫，躲到康晉翊身後。

王元凱扭曲身體趴在地上，臉朝下屁股高舉的撞上地板，汪聿芃略抖的手這才放下手電筒，「該走了吧……」

童胤恒覺得冷汗直冒，後背濕了一片。

「Baby、配音、燈光、攝影、道具……」王元凱遞補上順序了！

「報警……找章警官……」康晉翊話都說不全，甚至不敢再呼吸。

「我受不了！」蔡志友大吼著，直接拉開了門衝出去。

童胤恒看著趴在地上的王元凱，他發誓，小丑倒下前，他的眼珠子動了！

警車藍紅閃爍的燈在黑夜裡格外刺眼，貨櫃屋內外警察進進出出，覆著白布的擔架終於被抬出來，簡子芸別過了頭，不忍再多看一眼。

學生們非常乖巧的在旁等待，已經有警察先粗略的問過一輪，畢竟他們「又」是命案發現者，也是報案者，遲遲沒有離開，是因爲他們還有問題要問章警官。

簡子芸捧著她的B5速記本書寫，康晉翊則不停的在傳LINE及聯絡事項，童胤恒靜不下來，不停的在旁邊走來走去，汪聿芃就坐在某台車的引擎蓋上，眼神

望向很遠很遠的地方，可以明顯的感覺到她在思考某些外太空的事物。

而蔡志友，從一個科學驗證社的社長退下後，接連兩次遇到了都市傳說，對他而言雖是開創新眼界，但打擊可也不小，自個兒在附近繞圈圈，一邊罵髒話一邊低吼才能舒壓。

「下一個……」汪聿芃邊說，手指一邊在空中劃著圈，她其實如同簡子芸，只是她不用筆紀錄，而是在腦子裡思考。「導演嗎？」

「按照都市傳說的話，或許吳導才是下一個。」康晉翊踅了回來，「但別忘了，王元凱的屍體就在裡面。」

「不過如果單就發生怪事的話，他是第一個啊。」簡子芸蹙著眉接口，在自己筆記本上畫了一個圈，「廣告拍攝好第一個請辭的人，別忘了。」

「啊……」對厚！康晉翊輕敲了前額，「嬰兒死亡後第一位出現異狀的！」

「不過還是要看死亡時間吧，他如果這兩天才死，但就跟『被詛咒的廣告』順序不一樣了！」汪聿芃引頸企盼，看著遠方在穿梭中的章警官。

章警官，是他們學校轄區的警察，跟之前的「都市傳說社」非常熟稔，許多案件也都是靠章警官協助幫忙。要說最瞭解「都市傳說社」的警察，真的非章警官莫屬了。

「我真的很不想說，又是你們……」章警官走到他們面前，語氣裡滿是無奈，「所以……我知道你們來這裡的原由了，我想問現在還是那件事嗎？被詛咒的廣告？」

「是。」沒等康晉翊發言，汪聿芃焦急的回應，「我想請問他的死亡時間！」

章警官微怔，接著是煩憂的皺眉，然後回看被抬上車的屍體，甚難開口似的，好不容易才嘆息。

「我是很不想面對這種答案的。」他隻手扠腰，「三個星期了。」

一群學生張大嘴，汪聿芃連忙跳下來，就朝著童胤恒擊掌，「Yes Yes！就是第一個！」

哈……童胤恒趕緊握住她的手，制止她又歡呼又跳躍，搞得像在慶祝誰的死亡似的！

「妳收斂點啊！」他低語。

「所以他真的是小Baby後第一順位，這樣符合了啊，所以吳導是下一個。」

汪聿芃根本沒在聽人說話，開始自言自語了，「摔下樓的是第二個，撞牆的第三……不，不對。」

她突然定住，章警官大眼看著康晉翊，他只能露出歉意的笑容，汪聿芃本來就是這樣啊，她現在正在自己的世界中。

「認眞算，小孩子是第一個。」童胤恒緩緩的說著，「記得吧，被詛咒的廣告中，第一個死亡的是廣告中的小小孩！」

「對！對對！」汪聿芃用力擊掌，「所以小Baby第一、混音師第二、骨折的第三、撞牆的第四……道具傷人第五、Mio第六，吳導第七……」

越說越小聲，Mio的存在，的確讓現在的出事順序，與「都市傳說」不一樣。

康晉翊上前跟章警官解釋，在都市傳說的「被詛咒的廣告」中，拍攝廣告的劇組及演出人員一一死亡，起因在於用了「惡魔之歌」，所以曲子將一位位人員送葬。現在這支廣告，只怕便是都市傳說，正開始爲拍攝劇組人員吹起送葬曲。

「曲子不是什麼『惡魔之歌』，但曲目不明，現在換首歌後他們便重新上架了。」康晉翊瞥了眼貨櫃屋，「混音師只怕是第一聽見音樂的，所以……」

「我先不管什麼被詛咒的廣告，我就問一個……」章警官嚴肅的問著全場都疑惑的問題，「他爲什麼把自己化成小丑的模樣？挖掉自己臉頰以血當腮紅，還割開自己的嘴？」

「我才想問他死了三個星期，爲什麼還會坐在床上搖來晃去？」蔡志友不知從哪兒衝回來，抱著頭無法接受親眼所見，「他床上有什麼機關嗎？還是有什麼墊在下面？」

章警官搖了搖頭，很遺憾的模樣。

「現場沒有什麼特殊的裝置，他就只有一個人，死亡三星期以上，但是屍身沒有腐爛。」章警官簡短的說著目前勘查結果，「臉上除去油彩化妝外，就是自殘的痕跡，將自己變成小丑的模樣，至於你們說的搖來晃去……」

因爲警方到的時候，他只是一具僵硬倒趴在地上的屍體，大家也難以想像，更別說剛剛那情況誰會錄影啊！根本毫無佐證。

「很難相信，但是他眞的就坐在床上，左右晃動的，跟……」簡子芸邊說一邊望向汪聿芃，「彈簧小丑一樣。」

「我想回去地下室。」汪聿芃果然立刻迸出這麼一句，「我想再去一次，我要去看那個小丑……」

大家不假思索立刻動身，康晉翊問章警官是否還有事，基本筆錄已做畢，他們只是發現者，所以他點點頭，讓他們離去。

「你們……還會有事嗎？」章警官嚴肅的看著他們，「乾脆問我們還會再見面嗎？」

「很難說啊！」康晉翊實在無法對他說謊，「事情還沒結束咧！」

「那快點讓它結束吧！」

康晉翊只能聳肩，他們不知道怎麼結束啊！現在微薄的力量能做到的，就是看能不能阻止下一個人的傷亡，以及這樣是否可以讓循環停止。

趕往輕軌站的他們也同步進行聯繫，他們要回電視台，去看那箱子裡搖晃的小丑、在廣告裡面出現過的東西，還有C-2攝影棚！

另一方面小蛙說從監視器找到于欣離開大樓的身影，她很早就離開了，連證件都沒繳回直接步出，從監視上看起來有點怪異，雙眼打直的往前走，而且嘴上似乎喃喃著。

「她不是只是爬個樓梯嗎？為什麼跟陳偉倫一個樣？」童胤恒相當焦急，「樓梯間也有電視牆？」

「廣告不是重新上了嗎？」汪聿芃邊說邊看著車廂裡的螢幕牆，正在播放Mio那支廣告，「會不會于欣剛好看到了？」

「在樓梯間嗎？不合理啊！」簡子芸邊說邊避開了螢幕，她有種多看一眼都會出事的感覺。

「不必在樓梯間吧，」蔡志友沉吟著，「如果她上了三十七樓，櫃檯後面那個電視牆就夠大了吧！」

「嘖！」康晉翊立刻再問小蛙，于欣最後出現的樓層，「哇喔，小蛙已經在鄰近的警局，直接請警方找人了。」

「為什麼會是于欣？」同班同學，童胤恒總是特別擔憂，「廣告曲子換了，她也不在劇組裡啊！」

對啊！汪聿芃瞇起眼看著童胤恒，「被詛咒的廣告」應該只針對劇組人員不是嗎？

「她是不是去找吳導了？」汪聿芃自然的就冒出這句了，「跟小展一樣，他被影響去刺傷Mio。」

「……不是吧？」童胤恒立即否決，「別忘了女明星的死序排在後面，所以Mio應該是意外，因為她擋……天哪！」

Mio沒有擋路，喊「該走了」的是道具小展，但是他傷害的卻是女明星。

為什麼？女明星之前應該是導演啊！

「所以Mio是不是不能算？」汪聿芃聳了肩，「畢竟受到影響的是道具啊！」

「那為什麼要殺害Mio？」蔡志友完全不能理解。

「會不會……我們不必考慮這麼多，只要單純的想順序就好？」康晉翊喃喃

自語，「如果眞的把Mio拿掉，那就很可怕了……」

Baby、配音、燈光、攝影、道具、導演……一個接著一個，如同當年那支廣告播出後發生的所有事件，直到……直到什麼？到都市傳說高興爲止嗎？

「反正我要去地下室。」汪聿芃緊握著鐵桿，「我不覺得那個小丑是巧合。」

「自己請辭還把自己弄成那樣，又穿上小丑裝，不會有人覺得是巧合的。」蔡志友只要回想到剛剛那場景，就覺得毛骨悚然，「所以是他自己穿的，還是……什麼力量迫使他穿的？」

「這個不重要了，警方會找到購買紀錄或什麼，依陳偉倫的例子，我覺得自己買的可能性很大……」

「于欣會不會被怎樣？她是無辜的！」童胤恒依然執著於同學。

「希望不會，我眞的希望不會。」簡子芸認眞的握住童胤恒握在銀桿上的手示意，「如果只是讓她跟小展一樣，執行什麼就好了。」

「那也不好啊，小展傷了人，不管他怎麼說自己不記得，他還是得負起罪責！」汪聿芃用力搖頭，「我不喜歡這個都市傳說！到底要傷人到什麼地步？而且這不是等於換了音樂也一樣嗎？」

不管于欣看到什麼，都是已經換了音樂之後的事，爲什麼她還是像被催眠一樣的行事？

「所以，不只是曲目的問題了。」康晉翊深吸了一口氣，用難受的眼神望著大家。

是小丑，王元凱用那如同小丑左右搖晃的姿態清楚的告訴他們，是小丑。

童胤恒的手機響起，他緊張的查看，原本以為是于欣，結果居然是沒敢跟上來的陳偉倫。

「喂，怎樣？」在車上，不用擴音是禮貌。

『我聽小蛙說了，于欣失蹤了嗎？』陳偉倫的聲音很結巴，『是不是也跟我、跟我一樣……』

「有可能，但是你有看到廣告嗎？音樂換了，所以我……」

『沒有用！』電話那頭的陳偉倫略顯激動，『換幾次都一樣……都一……』

咦？童胤恒怔住，為什麼陳偉倫聽起來快哭出來了？他在害怕什麼？或是隱瞞了什麼？

「陳偉倫，什麼意思？你知道什麼沒說嗎？」

『我、我只是不敢……我不敢看廣告，但是那廣告到處都是。』電話那頭的聲音哽咽起來了，『我一直在想是不是只有我聽見，在音樂裡的聲音……』

「說重點，你組織一下好嗎？」童胤恒焦急的問著，同時間汪聿芃拍拍他再指向外頭，下一站下車喔！

『從我跳樓之後，只要聽見那個廣告，我都會聽見有另一個聲音，夾帶在音樂裡。』陳偉倫頓住了，童胤恒可以聽見他用力的深呼吸，在平復情緒，「『該走了吧，該走了吧，我們一起走吧。』」

童胤恒瞪圓了眼，一時間有些難以消化，「後面那三句……都是你聽見的？」

『……嗯。』陳偉倫嚥口水的聲音超明顯，『從頭到尾，重複著那三句，跟著主題曲的語調唱著。』

列車停了下來，汪聿芃小手拉住他，好拉著他一起下車。

「廣告換曲子了。」童胤恒想確認。

『所以唱腔變了，但是詞依然存在啊！』陳偉倫喘著氣，『沒有用！你聽懂嗎？我覺得你們可以去問那些存活下來的人，傷害Mio那個，是不是只要廣告一播出，就聽得見裡面人在唱該走了吧！』

「再聯絡！」童胤恒立刻掛上電話，「換曲子沒有用！被催眠過活下來的人只要聽見廣告，就會聽見裡面有人跟著主題曲唱歌，催促著該走了，大家一起走的詞！」

簡子芸呆愣兩秒，連忙抓起手機，「我讓他們問小展。」

「所以他媽的眞是催眠嗎？」蔡志友再度科學上身，「利用那個曲……不對啊，曲子換了啊！幹……眞的是……」

「都市傳說。」汪聿芃平穩的說著，「這就是被詛咒的廣告，裡面藏著催眠大家的玄機，但不是詛咒啊！」

「都一樣吧！」康晉翊開始跑起來，「用跑的吧！事不宜遲，等等我們就去C-2攝影棚！」

蔡志友有點蚪，「眞的要去啊!?那裡會不會有……什麼啊!?」

「喂，科學驗證社的！你嗆花子時的屌樣去哪裡了！」童胤恒用力擊了他的臂膀。

「此一時彼一時啊！」他哀鳴著，知道跟不知道差很多好嗎！

第九章
死亡直播

吳導舒舒服服的泡在浴缸裡，熱氣氤氳，泡溫泉消除疲勞，偶爾休閒一下眞是人間享受。

拿毛巾搓了搓身子，全身冒汗，溫泉也不宜泡太久，起身抓過浴袍，閒散的走了出去，先到冰箱拿出一罐啤酒，擦著一頭濕髮，把自己摔進沙發裡。

最近心情超亂，被那什麼「都市傳說社」搞得很惱，居然暗指他抄襲別支廣告！有沒有搞錯啊，概念就那幾種，今天拍棵樹都想說他抄襲嗎？

只不過一些小意外，弄得風聲鶴唳……好啦，電梯的事連他都覺得很悲傷，不過那就是儀器故障，有必要扯什麼、什麼都市傳說嗎？扯都市傳說就算了，偏偏矛頭對準他拍的廣告？

開玩笑，他、知名廣告導演，這麼優秀的人費盡心血，把Mio拍得多美，蘋果汁多美味，全都被這些雜七雜八的事糟塌了！

「死大學生！」他按下搖控器，一邊灌著啤酒。

這兩天事情實在太多，廣告配樂被換掉他就一肚子火，那首曲子與他的廣告簡直完美契合，結果呢？因爲幾個學生的胡言亂語，居然撤掉他的音樂，說那曲子就是都市傳說！

「幹！」吳導使勁的踹了茶几，茶几直接往前移動，「混帳大學生！」

電視裡播出了熟悉的廣告，他聽著音樂，一股無名火就冒上來，怒不可遏的按下靜音，遙控器往沙發上扔，起身再去冰箱拿下一罐啤酒，跟剛買上來的滷味。

捏扁空罐，往垃圾桶一丟，沒對準的罐子向外彈，鏘的落地。

吳導也懶得撿，彎下身再度打開冰箱——電視裡飄出了音樂。

咦？他倏地向左看去，聽著那世界名曲飄盪……他剛剛不是按靜音了嗎？

關上冰箱，啤酒小菜都還沒拿，遲疑的往沙發前走去，廣告播到了尾聲，音樂準確的響著，他從沙發拿起遙控器，再對著電視按一次靜音。

廣告已結束，進入了下一段廣告，整間房間寂靜無聲，吳導的臉上反照著螢幕的燈，瞥了眼手上的遙控器，爛旅館，壞掉了也不修一下！

再度把遙控器往桌上扔，啊，他的啤酒……才旋身，資金充足的蘋果汁廣告又出現了，那世界名曲再次飄盪——吳導打了個寒顫。

吳導詫異的看著電視，他明明轉靜音了啊！畫面正巧切到Mio在準備倒蘋果汁，吳導慌張的拿起遙控器再按下靜音後，緊張的離開電視前，他居然在害怕？

都是那群大學生的關係，害他跟著……呼，呼，吳導調整呼吸，別亂想，機器故障，想這麼多做什麼！

還是先拿啤酒吧！

吳導走回冰箱邊拿了啤酒滷味後，再緩步的走回電視前，他第一次感到恐懼，竟然害怕看電視，甚至是害怕看自己拍攝的廣告！

在他走回茶几前，看見的卻是靜止不動的電視畫面！

電視裡的每個小孩以及Mio，竟然眼睜睜看著他從左側走回茶几前，眼珠子是跟著他移動，幾乎等他站在電視正前方那一刻——音樂再度響起，懸空的蘋果汁才落進杯子裡，廣告繼續播放！

剛剛的一切，彷彿他按下的是暫停鈕！

吳導動彈不得，他眼前的螢幕播放著一輪接一輪的蘋果汁廣告，再也沒有別的廣告或節目，只有他的蘋果汁廣告不停重複、循環。

到了某一秒，螢幕裡的Mio突然停住，挑著嘴角對他冷笑，『該走了該走了！你爲什麼還在這裡呢？』

後面那些天使Baby原本可愛的臉孔變得邪惡陰騭，幾乎是翻著白眼看著他，笑得令人毛骨悚然。

然後，電鈴響了。

吳導移動腳步，螢幕裡的Mio幾乎配合著曲子高唱『該走了，該走了！』吳導這才發現，放送的並非重新配樂的曲子，現在播放的是他最原始的廣告，那

首……所謂的都市傳說！

身體不聽使喚的自動打開門，門口站著曾經見過的大學女生。

「你好，我來接你。」于欣面無表情的淺笑，「我們該走了！」

電視裡廣告裡的Mio及嬰兒們趴在螢幕上，斜眼往門口的方向看去，咧開的嘴角咯咯笑個不停。

音樂聲沒有停過，那是從腦部深處傳過來的。

吳導只有偶爾幾秒的意識回復，發現自己站在C-2攝影棚時，已經不知道是多久之後，他望著眼前漆黑的音控室，地上一堆酒瓶，他再度喝乾手裡的酒，腦子裡興起一個最新穎的節目。

他要做一番大事！

于欣拿著吳導的工作證進入工具室，在層架下方找到了老鼠藥，她自然的將老鼠藥放進口袋後，從容的離開，走了一大圈，回到地下室的C-2攝影棚。

她打開了幾盞燈，將堆疊的箱子搬出來，精準的拿出了存放的彈簧小丑們。吳導依然一個人靜靜的站在中央，于欣將一尊尊小丑圍著吳導放成個圈，還搬來角架，擱至在吳導面前。

吳導默默的拿出手機，將自己的手機架上自拍架時，擺放完小丑的于欣輕輕劃上微笑。

康晉翊一行人衝進電視台時，劉允容已經在外面等他們了，一臉焦躁，小蛙也在一旁。

「小展說是！小展現在誰要開電視他就抓狂，醫院已經把電視插頭拔掉了！」劉允容一會面就喊，「等等，你們要去哪裡？」

她雙手攔著他們，沒有要讓他們往裡衝的意思。

「去C-2啊！」童胤恒拉住汪聿芃，她已經想往裡衝了。

「我們找到吳導了，他助理說他今天在溫泉旅館度假，所以電話都沒接！」劉允容望著他們，「阿祥開車載我們去，製作說先不要報警，因爲不確定有沒有事！」

吳導，下一個……康晉翊陷入兩難，難爲吳導還活著，他們應該去切斷這個循環才對。

「分開吧，我跟汪聿芃去地下室。」童胤恒主動提出要求，「她跑得快，也比較不會受到催眠影響。」

「爲什麼?」汪聿芃不解的看向他。

「因爲妳頻道不一般啊!」所有人非常有默契的齊聲說著。

如果都市傳說散發的催眠是一種會影響大家的頻率,而全世界最不會被影響到的只怕就是汪聿芃了吧!

喂!汪聿芃微噘起嘴,她爲什麼覺得好像被拐彎婊了啊?

「那我們去找吳導……蔡志友你跟我們吧!」康晉翊直接指派,知道蔡志友沒膽子去地下室。

「欸欸,不要這樣,好歹我還是科學驗證社的一份子好嗎!」蔡志友沒好氣的唸著,「我跟童子軍走啦——」

童胤恒詫異的回頭打量他,連汪聿芃都挑起不信任的眉。

「我把風,把風!」他尷尬的笑著,「說不定有需要我這邏輯思考的時候啊,也是要有個正常人吧!」

重點是他覺得康晉翊那邊人夠多了,童子軍這裡需要支援啊。

「我是啊!」童胤恒抓過劉允容手上的識別證,沒時間抬槓了,「反正自顧自的,沒辦法互救喔!」

回身塞識別證給蔡志友,同時間劉允容領著康晉翊他們往地下停車場去,電視牆上依然播著熟悉該死的蘋果汁廣告，汪聿芃眼也不眨的瞪著那廣告裡，與僅僅零點五秒的小丑對望著。

咿歪咿歪，小丑搖頭晃腦著，咿歪咿歪，黃色的小丑，過度燦爛的笑容，現在看起來都令人覺得汗毛直豎。

直抵三十七樓時，張佑裕已經在外面等他們了。

「王、王、他……」張佑裕連說話都在抖。

「嗯，請辭完就出事了，他把自己弄成小丑的樣子。」童胤恒跟著張佑裕一起疾步往C-2跑，「你知道吧，小丑。」

張佑裕到現在還有點難以接受，「那個是道具，很久以前的道具，不是新添購的，有需要時就拿來使用，不管廣告或是電視節目，可是從來沒有……」

「沒搭上適合的曲子吧。」汪聿芃截斷張佑裕的緊張言語，「小丑加上曲目，我現在是這樣猜，這兩個加在一起才創造出『被詛咒的廣告』。」

「這組合眞的就比較難了。」蔡志友在後面接口，「學長，現在那間攝影棚沒人用吧。」

「沒有，上面交代淨空，把C-2的活動都排到別間去了。」張佑裕的鑰匙抖得厲害，他眞的很害怕，「連帶著C-1也不使用，就是怕、怕……」

童胤恒緊握住張佑裕的手，給予他一定程度的溫暖，然後緩緩取過鑰匙，這狀況，學長還是不要跟去會比較好。

「蔡志友，你跟學長都在C-1等我們吧，怕的話在走廊也好，但至少幫我們注意燈跟門。」童胤恒回頭交代著，蔡志友比了個ＯＫ。

前頭的汪聿芃根本不必問……人咧？童胤恒加快腳步往前，短跑冠軍了不起啊，跑得快應該要用在逃命，不是用在赴難中啊！

電視台氛圍很明顯的跟上午不同，童胤恒也感覺到視線，似乎所有人都知道他們是誰，不管是藝人或是工作人員，都用一種不安且詭異的眼神打量他們，接著交頭接耳、竊竊私語。

C-1門口果然站著不得其門而入的汪聿芃，還焦急的朝張佑裕伸手咧，「鑰匙！」

「鑰匙在我這裡，妳急什麼！」童胤恒打掉她的手，「一個人衝沒有比較英雄好嗎！」

「誰英雄啊？」她認真的左顧右盼。

懶得解釋，童胤恒轉身對著蔡志友跟張佑裕交代，C-1燈一定要開著，門絕對不能關死。

「C-2那扇對開門沒鎖吧？」童胤恒檢視著手上的鑰匙。

「呃……有。」張佑裕指指門把上緣，「裡面上下有門子，可以跟牆壁一起扣住，但沒有鎖。」

童胤恒心頭一涼，這個答案一點都不好。

不過既然是那種門上門，至少他可以把它們固定在不能鎖的狀態。

「快點啦！」汪聿芃在旁邊急著想進去，踮起腳尖從門上的四方形玻璃窗往裡看。

「妳到底是在急什麼！我沒有非常期待遇到什麼好嗎！」童胤恒沉重的握著鑰匙，「妳剛看到那個小丑都不怕的嗎？」

汪聿芃皺著眉，很勉強的看他一眼，「在我眼裡，那不像人啊！」

那就是個小丑，一個跟道具一樣，放大版的小丑。

沒人注意到它們長得一模一樣嗎？

接收到電波不一樣，童胤恒放棄解釋，他打開C-1的大門，一隻手還得拉住汪聿芃，省得她又直接往前衝，論跑步，他是真的跑不過這傢伙。

張佑裕跟蔡志友分別打開燈，兩個人也把門給敞開，甚至乾脆固定在地板上，而往前走的童胤恒順手找到可抵住門的東西，想多少做點防範。

由外頭打開C-2的燈時，童胤恒已經汗濕了背。

眼前的淺米色對開門上亦有兩扇小窗，窗裡的燈隨之亮起，從現在開始，每一個步伐都是沉重的。

「可以了吧？」汪聿芃不耐煩的問著。

「拜託妳，謹愼一點。」童胤恒頷了首，「我們不知道面對的是什麼。」

汪聿芃雙手貼在對開門上，怎麼會不知道呢！

不就是都市傳說嗎！

她毫不猶豫的推開門，前頭這短廊上的燈今天看起來也有點不一樣，童胤恒一踏進去便顫了身子，空氣中有一種怪異的氣味，還有那令人發毛的聲音。

幾個小時前，他們才在那狹窄的貨櫃屋裡聽見。

咿歪咿歪，咿咿呀呀……汪聿芃很巧妙的放慢腳步往前，扳動牆上的燈，看著樓下的燈光逐漸亮起，童胤恒回身檢視推開門後的門子，刻意把門子卡好，不讓它們輕易能上鎖。

咿歪咿歪，汪聿芃站在樓梯上方，聽著那聲音交錯，一隻隻小丑映入她眼簾，因爲它們就在鐵梯板上。

一階一隻，一左一右，交錯著、晃動著，多彩繽紛，眼花撩亂。

童胤恒來到她身後，心裡罵了幾聲髒話，這些小丑為什麼會擺在這裡？它們搖晃得厲害，彷彿看著他們，裂開的嘴笑得好得意。

走中間。汪聿芃指著小丑中間的路，童胤恒很想回答我不要。

但是汪聿芃已經走下去了，雙手分握住欄杆，穩重的一步步往下走，噠、噠、她沒有放輕腳步，有種巴不得通知大家：「我來了喔」的意思。

童胤恒硬著頭皮也只能跟著，他刻意直視前方，不想去看那些搖晃中的小丑，因為他還沒有忘記，王元凱的眼珠子在最後一刻的移動。

咿歪咿歪，小丑擺盪竟然越來越大，照理說這是微幅晃動的玩具，而且隨著擺盪越久，震幅該是越小，除非有人在操作，否則不可能擺動這麼大！童胤恒不想去探討，但是汪聿芃卻直接往下看著它們誇張的搖晃。

刹，紫色的小丑在瞬間抬頭看向了她！

咦！她差點踩空往下滑，身後的童胤恒及時抓住她的身體。

是怎樣？無聲的問題在空中傳著，汪聿芃搖搖頭，搖得既慌張又有點顫抖，這個「沒什麼」，倒令童胤恒更加不安。

她剛看到了什麼，她不說，他也不想再問，只是更加留意她的舉動，直到平安的走下階梯。

空氣中瀰漫的味道他想起來了，是酒味，不是好酒逸出的香醇，而是有個爛酒鬼喝多了，酒精進入血液，自毛細孔和著汗腺與體味冒出來的，那種令人作嘔的氣味。

汪聿芃繃著身子，走下鐵梯向右轉身，立即倒抽一口氣！

「于欣？」

什麼!?童胤恒焦急的跟來，在攝影棚裡，那廣告中蘋果樹的位子上，竟跪坐著于欣！

「于欣！」汪聿芃也急著上前，童胤恒隨即跨出兩步後瞬間抓住了她！

慢！他瞄向了左邊那剛剛看不見的地方。

這裡面還有另一個人啊……男人站在那兒，渾身酒氣衝天，邋遢不已，要不是那頂扁帽實在太熟悉，只怕根本認不出這是哪位。

康晉翊他們去找的吳導——現在就在C-2攝影棚裡，喝得酩酊大醉，地上散落著一堆酒瓶，還有……包圍他的小丑們。

「搞什麼……」童胤恒將汪聿芃往身邊拉回幾寸，道具裡有這麼多隻小丑嗎？

驀地音樂驟然響起，汪聿芃失聲尖叫一聲，地上的于欣瞬間挺直背脊，而站著不動的吳導也開始晃動。

飄散在地下室的不是世界名曲，而是原始蘋果汁廣告裡那首來源不明的曲目。汪聿芃彎腰往前，才看見吳導的面前立了個腳架，腳架上擱著手機，照在吳導臉上的光芒看起來，他的手機在播放那支廣告！

原始版本的「被詛咒的廣告」！

「我的廣告……是被詛咒的廣告？」吳導突然開口了，「咯咯……呵呵……你們這群死大學生！」

下一秒，他倏地抬頭，直接朝著他們怒吼！

「于欣！于欣！」童胤恒根本沒空理他，蹲下身子呼喚于欣。

因爲于欣動也不動，跪在地上，像日本人一樣端正，直視著吳導的方向，童胤恒非常合理懷疑，小丑就是她擺放的。

因爲那個醉鬼，應該沒辦法擺得這麼規律吧。

「我找到的完美音樂配我的廣告！這氛圍那場景多美，就你們——」吳導咆哮著，搖搖晃晃雖不穩，但卻不會跌出小丑圈外，「你們這群大學生在那邊造什麼謠！說我的廣告是都市傳說！他媽的什麼都市傳說！」

「你忘了說你抄襲的事了。」汪聿芃很認眞的與他對話，「你是不是看過某

個廣告後，才給你靈感拍攝這支廣告？」

「妳說什麼鬼話？」

童胤恒做著深呼吸，鼓起勇氣，直接走進去要把于欣拉走了。

「你看的那支廣告，就是被詛咒的廣告。」汪聿芃聳了肩，「你也很厲害，哪支不挑，挑了都市傳說致敬，那當然也會變成都市傳說囉！」

「……閉！閉嘴！」吳導怒不可遏的趨前，就要朝著汪聿芃衝來。

但是在衝出小丑圈前，他卻突然驚嚇般的止步，人又退了回去。

彷彿那邊有一堵無形牆……不是，是他根本跨不過去，吳導突然困惑的後退，原地繞了一個圈，眼神變得飄散迷離。

「妳過來……你們這些大學生！」吳導氣喊著，直指著汪聿芃。

她狐疑看著圍在他腳邊的小丑圈，爲什麼他沒衝過來？「你過來啊！我們說的一點都沒錯，你知道你的廣告害到多少人嗎？現在也只是重新配樂，還是上架了啊！」

「妳懂什麼！」吳導怒不可遏，他激動到應該上前揍人，但是卻無論如何都踏不出小丑圈。

好像以前在電視節目裡看過的催眠，暗示觀眾絕對不能跨過某樣物品，他們就眞的永遠不會跨過去似的。

「于欣！于欣！」童胤恒把于欣拽了過來，她卻依然兩眼無神的空洞。

「小蛙他們沒看見她又走回來嗎？」汪聿芃蹲下身子，既然確定吳導不會突然發瘋衝來，可以暫時放心。「哈囉！于欣！」

「小蛙可能看到于欣走出去後，就急著追出去了，很少人會想到她又折回。」童胤恒試圖拉起她，「我揹她好了。」

「太重了吧……」汪聿芃皺著眉往依然在咆哮的吳導那頭望去，「他怪怪的，跨不出小丑圈。」

童胤恒蹙眉凝視著瘋癲的吳導，事實上光他爲什麼在這裡，就夠令人匪夷所思了。

「妳抱得動于欣嗎？扶她離開，然後我帶吳導走。」童胤恒問著自己都知道錯誤的問題，唉！「還是我分兩趟好了。」

「不用。」汪聿芃直接從口袋裡拉出耳機線，「給她聽別的好了，如果陳偉倫說他會一直聽見奇怪的聲音，看能不能阻斷來源啊！」

尤其，現在這個地下室一直在循環播放著吳導的原始廣告啊。

「對！」童胤恒雙眼跟著一亮，「要讓水停下就得先關掉水龍頭，去把他的

手機關掉！」

汪聿芃忙不迭把耳機塞進于欣的耳朵裡，挑選著自己手機裡的音樂……就這首好了。

「你過來！過來啊，你們這些隨便毀人事業的大學生！我他媽的什麼都市傳說！什麼被詛咒的廣告！」吳導對著童胤恒招手，「你們什麼目的，這樣傷害我對嗎？」

「有人死了啊！吳導。」童胤恒瞄著腳架上的手機，「忘記了嗎？燈光？道具？混音師？他聽完後就出事了喔！」

「我才不信那個——」吳導大動作的揮舞雙手，「你們根本就是針對我！剛剛還敢說我抄襲！」

「你難道眞的沒看過那支廣告嗎？太像了，吳導。」童胤恒再往前一步，「看了被詛咒的廣告或許沒事，但是偏偏你拍了……」

童胤恒伸長手，就要拿下那支手機——啪！剎那間，吳導突然伸手也握住了他的手腕。

他看向吳導時，忍不住屏息，因爲僅僅一秒之內，剛剛那個瘋癲的吳導不見了。

現在抓握他的手的男人，雙眼瞪得極圓，拼命的把自己的笑容撐到最大，做出一種詭異到令人發寒的神情，喉間發出咯咯咯咯的聲音

然後定住雙腳，上身開始……左搖、右晃，左搖……

小丑。童胤恒心裡明白，他繃緊神經的望著吳導，左手依然試圖把手機取下，必須把這個音樂關掉……

「哇啊！」身後驀地傳來驚叫聲，于欣整個人尖叫的驚醒，狼狽倒地後慌亂的看著四周、看著汪聿芃，「我……我不要！」

童胤恒跟著回首探看，就在這一瞬間，吳導抓開他的左手直接向後推。

看起來如此輕的舉動，卻讓他完全煞不住車的往後飛起，甚至掠過了汪聿芃她們，直到撞上邊牆才停住！

「啊！」背撞上牆再往前彈，童胤恒往地面仆去，所幸反應尚快的雙手撐地，沒摔個狗吃屎。

啊？汪聿芃不明所以的轉頭看著正在調整手機的吳導，廣告音樂已經停了，而他正搖擺著上身，滑手機。

「童子軍？」她意欲上前，童胤恒已經勉強站起來了。

「他不對勁……瞧他現在像什麼？」童胤恒朝于欣伸出手，將她拉起，「先

出去再說。」

「咦？不帶他走嗎？」汪聿芃可沒這麼快放棄，旋身就朝向吳導走去，「他是下一個，萬一……」

「嘻！」吳導倏地轉過頭來，用那僵化的大笑表情看著汪聿芃，上下兩排白牙反倒叫她打了個寒顫，這是什麼……「該走了，該走了喔！」

什麼！汪聿芃倒抽一口氣，居然選擇再往前，「不要這樣！吳導！跟我走！你只是用錯了音樂！」

用、用錯音樂！童胤恒只覺得頭痛，這是重點嗎！

「搭啦！直播開始！」吳導根本沒在聽她說話，而是面對著自己的手機，輕快的說著，「大家好，今天來爲大家直播最特別的一場秀！」

「吳導！」汪聿芃伸長手要抓過他，卻啪的被他粗暴的打掉。

吳導銳利的眼神瞪向她，散發著某種肅殺之氣。

「他該走了。」一字一字，吳導森冷的說著。

「他」該走了……汪聿芃略顫著問，「去哪裡呢？」

童胤恒推著于欣往樓梯去，自個兒即刻朝汪聿芃身後去，她站得很直，雙拳緊握可以看得出她比誰都緊張！

「登愣！」吳導從腳邊拿起一瓶啤酒，「我們來直播自殺吧！沒看過吧？」

「住手！」汪聿芃立刻就要撲上去，吳導左手毫不留情的直接甩她一巴掌，痛得她向後踉蹌！

童胤恒才接住她，整個C-2突然燈光全滅！

「于欣？」誰關燈!?

「不是我！不是——」于欣聲音在樓梯那邊，又尖叫又哭泣。

咿歪咿歪……彈簧聲變得異常清楚，唯一的光來自吳導的手機，童胤恒倉皇抬頭，看見的是在那白光下裂嘴而笑的臉龐——走！

他腦子裡只有這個字，攙著汪聿芃的雙臂，直接就往後拖！

「欸……欸欸我們要去哪!?」汪聿芃在地上被拖行著，看著吳導離她越來越遠。

「沙沙……」才拖沒兩步，攝影棚裡的音響竟沙沙作響，然後……熟悉的音樂流洩而出。

這瞬間，所有人都傻了。

連汪聿芃都忍不住往角落黑暗的音控室裡望去，漆黑一片什麼都瞧不見，但應該沒有別、別人吧？如果要播放歌曲，好歹儀器也會有些冷光！

而且那張ＣＤ不是已經被上司收起來了嗎？

「于欣！上去！出去——」童胤恒將汪聿芃一骨碌拉起，「走啊！」

「……好！」于欣泣不成聲，扶著欄杆衝上去了。

咿歪……咚！咿歪……咚，彈簧搖晃聲逐漸改變，拉著汪聿芃往樓梯下奔去的童胤恒這才發現，整個地下室的燈幾乎都暗了，偏偏鐵梯正上方的燈卻依然亮得令人心慌。

燈光投射在這段樓梯上，上面的小丑竟無一被于欣踢倒，而是比剛剛更激烈的晃動，左搖，咚的撞上鐵梯，再右搖，咚的撞上梯面，撞擊到小丑的臉都裂出縫，彷彿外表的臉碎片掉下來後，裡面還會出現更駭人的景象！

咚、咚咚……小丑持續來回猛烈的撞擊，而該是曼妙的曲調現在只會讓人覺得不寒而慄！

「乾杯——」吳導的狂笑聲傳來，接著傳來像是灌酒的聲音。

汪聿芃有一度想要過去，但童胤恒二話不說緊拉著她的手往樓梯上奔去，這種情況，誰還有餘力去幫他啊！

鐵梯才上三階，燈光驟暗，這讓童胤恒直接踩滑，幸好他的右手是握著扶欄的，穩住沒有大礙，樓下傳來酒瓶滾地聲，童胤恒加快腳步再往上走，于欣看來

已經平安離開了。

汪聿芃看不見樓下的狀況，但是她聽見了吳導倒地的聲音，手機的光線隱隱約約的透著，直播自殺死亡嗎？

都市傳說裡那個導演又是怎麼死的？

才在出神，突然有雙手從樓梯板的縫隙中竄出，直接握住了汪聿芃的雙腳踝——「哇呀！」

汪聿芃整個人摔上樓梯，右手肘撞擊梯面，幸而左手被童胤恒緊緊拉住，但他也跟著被往下拖。

「怎麼了!?」童胤恒回身要拉她。

「有人抓住我的腳！」她用力握拳，「他在樓梯下面！」

樓梯下面……學長說曾經有的視線……汪聿芃顫巍巍的抬起頭，從鐵梯的縫隙中，試圖看見藏在三角空間裡的究竟是什麼東西！

有什麼在……她感覺到了，那雙手在她跌倒後就鬆開了，但是現在……如何漆黑，她還是可以感覺到有個人在他面前……

『該他走了……』聲音從樓梯下傳出，『該走……』

「你是……」砰！一隻手倏地從汪聿芃前面伸出，直接拍在那冰冷的鐵板上——她什麼都來不及看，整個人就被抓起來了！

童胤恒連讓她爬樓梯的時間都沒有，直接半扛起她往樓上跑，身後每階樓梯上的小丑依然咚咚的左右使勁撞毀著自己。

「還聊天啊妳!!」把汪聿芃放上平地時，童胤恒忍不住大吼！

「我想知道那是誰啊！」汪聿芃可理直氣壯了！

咚……餘音未落，樓下傳來了驚人的腳步聲，像是有人從他們正下方，也就是樓梯下三角空間奔出來的樣子。

『嘻……』笑聲後面，是有人踩鐵梯的聲音——咚咚咚！

媽呀！他們兩個僅僅對看一眼，換汪聿芃抓著童胤恒往前狂奔，這時童胤恒就會慶幸自己腳長，不然哪跟得上她的步伐啦！

問題是急起直追的那個人也衝得超快的啊，根本是三步併作兩步，在他們兩個推開那扇對開門的那瞬間，身後一股力量明顯的把他們兩個人狠狠推了出去——

「呀——」不管快慢，兩人雙雙被推飛出去，狼狽仆街！

童胤恒猛一抬頭看見的卻是站在他們不遠處的女孩，小女孩瞠目結舌的站在門口，整張臉根本唰白。

他再瞬間翻過身，照理說被他們倆撞出來的對開門，現在應該是啪噠啪噠的來回晃動，但是……沒有，門像從裡面反鎖一般，靜止緊閉。

然後左邊小小的方格玻璃窗裡，出現了熟悉的黃色帽子。

一張小丑臉浮了上來。

它依然瞪圓著眼，露出兩排牙的開裂嘴，咿歪——咿歪——前後搖晃著，一邊撞擊著那不知道禁不禁得住的玻璃窗。

咚咚咚。

轉過身的汪聿芃，下意識的往後滑行移動身子，小丑不停的往前撞擊，她一邊伸長手，叫童胤恒也往後退點。

童胤恒不安的回首，蔡志友跟學長人呢？爲什麼……爲什麼小朋友會在那裡啦？

「走！走開！」童胤恒對傻掉的妞妞揮著手，「去找大人。」

小朋友完全傻掉了，她呆站在原地，嘴巴開闔的想說什麼但沒說出口，終於在幾秒鐘後，總算情緒大爆發，「呀————」

驚人高分貝的尖叫後，想必引起了整條走廊的注意，女孩歇斯底里的衝出去，童胤恒跟汪聿芃已經努力的站起，腎上腺素爆發跟著往外頭狂奔，總覺得再

不走，說不定等等連C-1的門也一起關上！

結果才一衝出去，就迎面撞上了蔡志友跟張佑裕！

「啊啊……」四個人撞得比剛剛更慘，分別向後彈開，搞得全身上下都痛。

「搞什麼啊！」童胤恒突然怒從中來，「不是讓你們看著門嗎？我們出來時外面一個人都沒有！」

蔡志友一臉冤枉，「于欣衝出來就叫救命啊，然後她直接就暈過去了，我跟學長才趕緊把她抱到就近的休息室去啊！」

「裡面怎麼樣了？為什麼于欣在裡面？」張佑裕看起來也是丈二金剛摸不著頭腦。

此時整條走廊還在小朋友未止的尖叫聲中，工作人員、警衛還有壯漢紛紛都奔來，大家用一種謹慎但極為恐懼的神態看著他們，並不敢貿然的進去C-2！

「呀——呀——」妞妞受到的打擊不小，依舊在尖叫著，手指著C-1，「快進去！好可怕——他要來了！要來了！」

母親蹲下來安撫著，也無法讓孩子停止哭泣。

「……」汪聿芃撐著牆，「地下室、吳導在地下室！」

什麼!?張佑裕都傻了，「吳導不是在溫泉會館？」

汪聿芃飛快的搖頭，「他在地下室，開、開、開直播說要服毒自殺！」汪聿芃不懂，爲什麼于欣在地下室？爲什麼小丑要搖得這麼用力？樓梯下的那個又是誰？

「報警！快點報警！」壯漢說著就要往C-2去！

「等等！不要進去！」童胤恒連忙阻止眾人，「我覺得等警察來比較好！」

「可是吳導他——」人們已急成一團。

「等警員來比較好！」童胤恒低吼出聲，「C-2什麼地方，樓下還在播著被詛咒的廣告的主題曲耶！」

這聲怒吼，讓所有人全部靜了下來，不只是意欲救人的幾個男人，還包括整條走廊的人們……扣掉小孩子，孩子還在尖叫。

「都市傳說，我們寧可信其有。」蔡志友語重心長的以過來人的身分勸告著大家，「你不會希望意識到它們的存在的。」

這話說得每個人都打冷顫。他們質疑的看向童胤恒跟蔡志友，最後汪聿芃給予了肯定。

「那下面有東西啦！」

哇啦！這句也太短而有力了吧！

第十章 Next

事不宜遲，童胤恒他們沒有時間等待警方來，決定先行離開；在跟袁巧君表示小丑與主題曲的關聯後，她立即聯絡主管，只怕現在必須先把廣告全數下架才可以！

汪聿芃再請張佑裕找出當年那個男孩的照片，而她自己也孤狗新聞，最令人焦急的是——導演死亡後，下一個就是女明星了。

所以童胤恒聯繫著康晉翊他們，他們果然在溫泉旅館撲了空。

「吳導在C-2，直播服毒自殺了！」童胤恒焦急的說，「被詛咒的廣告中，下一個是女明星！」

遠在溫泉旅館大廳的康晉翊詫異的看向阿祥，Mio！

「跟他們說小丑結界的事！」汪聿芃一邊尋找著資料，一邊不忘交代。

「對對！我們看到吳導被包在那個小丑中間，他出不來，就像以前催眠秀裡那樣，告訴觀眾有堵牆他就跨不出來似的。」童胤恒覺得頭好痛，「而且後來吳導還笑得跟小丑一樣，超嚇人的！」

『沒阻止他服毒嗎？』簡子芸激動喊著。

「怎麼阻止啊，燈光全暗就算了，直接音控室還播放那首歌啦！」童胤恒抓著頭，「對，于欣也在下面……找到人了，她沒事！」

『于欣爲什麼在那邊？……等等，現在先不提這個！』康晉翊不停的碎碎唸叫自己冷靜，『Mio人還在醫院，我們直接過去會合！』

正在看照片的汪聿芃倏地抬頭，「哪間醫院？」

因爲在外頭，大家都用擴音。

『T醫院！VIP病房。』劉允容回應著。

「那邊不是離附近的警局很近，小蛙不是在警局等于欣的消息嗎！」汪聿芃反應神速，「叫小蛙先過去醫院！」

童胤恒帶著讚嘆的眼神望著汪聿芃，沒空稱讚只能豎起姆指聊表一下意思。

『聽見了！好樣的汪聿芃！』康晉翊喜出望外的笑著，『虧妳想得到……啊問題是小蛙去了有效嗎？Mio有保鑣吧。』

「把學長或袁巧君的電話給他，至少有個熟人在好辦事！一定要看住她！」那可是大家的國民女神啊！

『好！我們先過去了！』康晉翊準備掛上電話，『對了，你們沒事吧？』

童胤恒略鬆口氣，「現在沒事！你們也要小心一點！」

『好！』電話切斷，童胤恒在電視台外頭，靠著牆稍事喘息，身邊的張佑裕則一張張滑著手機裡的照片，像是在給汪聿芃認人。

但是她遲疑，搖頭、再搖頭。

「都不是……那個弟弟年紀很小啊。」汪聿芃皺眉，開始來回踱步。「不過我也沒看見臉……」

「幹嘛？」童胤恒用下巴指著她。

「她認爲抓到腳的是那個小弟弟……」蔡志友邊說，一陣哆嗦，「我的天哪！走到一半有手從樓梯下面伸出來！是有沒有這麼可怕！」

「我都差點被拖下去了。」童胤恒握拳搥著頭，冷靜冷靜，「汪聿芃，我聽到聲音，對方有說話對吧？」

「嗯，都一樣的，說他該走了。」她顯得很困擾，「可是聲音不像小孩，也不是大人，不男不女，我完全無法判斷！」

「邊走邊判斷啊，康晉翊他們先過去醫院了。」童胤恒吆喝著大家動起來。社長他們坐車，他們可得搭輕軌咧，而且醫院有五站。

「我還看到他的手，那個手……」汪聿芃咬著唇，「戴著手套。」

「手套？」張佑裕嚥了口口水，「我那時什麼都沒看見，怎麼樣的手套？」

「白色的，膨膨綿綿，我被抓到時感覺也不是被直接接觸，他就是這樣——」

她比了一個突然伸直抓握的動作，「唰一下而已。」

蔡志友哎唷的頭皮發麻，「唰一下而已，我的大小姐，我都快嚇死了。」

「我也是啊。」她理所當然，「被嚇到跌上階梯耶，當然很可怕。」

「他不是說這個可怕啦……妳說的該不會是——」童胤恒說到一半，汪聿芃突然拉住他往後扯！

然後一台黑色的廂型車從他面前衝了出來，差點撞上。

「看路。」她平靜的指向前方。

童胤恒驚魂未定，「謝了！」

「啊……是妞妞的車子，看來錄影取消了！她到底看到什麼？怎麼嚇成那樣？」張佑裕遠遠望著車子，「還有，爲什麼會讓她進去呢？」

汪聿芃跟童胤恒不由得看向他，「問你們啊！」

不是說好要把風！扔著就算了，還門戶大開，誰看到不會好奇想去看一下啊！

「對啊，她是看到什麼？」蔡志友問得又害怕又好奇。

童胤恒冷汗一夜冒不完，一句我不想說，嗶卡進站，汪聿芃無力的跟著往前，看到什麼？

「還能有什麼？就是浮起來的小丑……」她仍舊在不解中，「到處都是小丑，包圍著吳導，放滿整個樓梯，我說你們道具裡有這麼多隻小丑喔？」

張佑裕沒回應，他低著頭頓住，蔡志友對這景象有點害怕，主動站到他身邊，眞怕等等他突然抬頭說：該走了，就往輕軌下跳。

「小丑啊……」他抬起頭，眉間深紋，「不會吧……」

下一秒，童胤恒跟汪聿芃立刻擠到他面前搖著他的雙臂，「有話快說啊！管他會不會！」

啊啊啊……張佑裕被前後猛搖到都快吐啦！「等等等等……哎！我會吐啦！」

列車進站，童胤恒直接抓著他上車，期待著看他滑手機。

「找到了！果然還有！當年那個案件你們沒空細看吧，雖然是爸爸在打罵孩子時，弟弟才不小心從樓梯上摔下去，但是……在他摔下去前，」張佑裕亮出了螢幕，「他爸就是用這個小丑打他，小男孩爲了閃躲才不小心摔下去，就在鐵梯上方。」

沒幾年光景，網路已經發達，新聞資料留存得嶄新，照片裡是個黃色的小丑，臉部有裂痕，底座上沾了血……

「啊……」童胤恒突然出聲，「我剛是要說，妳看到的手套，像不像小丑戴的手套？」雪白的、柔軟而蓬鬆？

汪聿芃皺起眉，不敢置信的看向他，「你要說，抓我的是小丑？在鐵梯上奔跑跟學長說話的也是小丑？」

「呃……我們縱觀來看，」科學驗證社前社長說話了，「有沒有可能是那個孩子變成小丑呢？」

張佑裕望著螢幕裡的小丑，由於孩子致死原因是摔下去時頸部骨折，所以這個小丑自然沒有被人特別記住。

「呼，現在進入靈異事件了嗎？」童胤恒就近在空位上坐下，疲憊的把自己摔進去。

「那個小丑被留下來，放進去拍廣告了嗎？」汪聿芃悶悶的也坐下來，「說不定都市傳說是這樣被觸發的。」

來路不明的音源，加上那個帶著小孩死前恐懼的小丑。

「我說你們公司眞省，證物還留下來喔？」蔡志友忍不住抱怨兩句，「要是沒把那個小丑放進去，搞不好什麼事都沒了！」

「世界上很多早知道。」童胤恒不由得嘆氣，「要能這麼順就不叫人生了好嗎！」

「事情是我來之前發生的，我沒辦法知道全貌所以……妞妞是看到那個小丑嗎？」張佑裕不安的問，「是小小的道具小丑，還是……跟人一樣大的小丑？」

畢竟能出現在玻璃窗上，那應該也要等人高了吧!?

「小小的，所以我說是浮～起～來的！而且不要說妞妞了，那個你們看到也會嚇到大叫好嗎！它憑空浮起來就在那邊一直撞玻璃、一直撞一直撞！」汪聿芃邊說忍不住又顫了一下身子，彷彿耳邊還能聽見小丑撞擊玻璃的聲音。

童胤恒伸手握住她發冷的手，至少他們沒事，沒事。

「人家妞妞說討厭，不是怕！」蔡志友忍不住笑出聲，「孩子就是孩子，沒看到前都死鴨子嘴硬……」

「你少在那邊五十步笑百步。」童胤恒沒好氣的打臉，就不信蔡志友多威啦！事發第一天連跟都不敢好嗎！

蔡志友尷尬閉嘴，幹嘛這樣，他今天也算跟到底了好嗎！

自討沒趣的幫忙看還剩幾站，轉過來才想講，卻突然發現汪聿芃正瞬也不瞬的凝視著他。

「幹幹幹幹嘛……」他嚥了口口水，「這麼深情對望？」

「啊！」張佑裕緊張的說，「不會吧，同學？同學？」他在她面前揮著手，

再注意車廂內該不會又播放蘋果汁廣告了吧！

童胤恒比他們都從容多了，只是看了眼，「她在想事情，她接收不到那種催眠電波的！」

「嗄？」張佑裕果然沒有懂。

「該走了……他不是說該走了。」汪聿芃喃喃說著，「樓梯下小丑說的是，該他走了……是指吳導，還是誰？」

「我覺得是Mio，吳導那時已經是囊中之物。」童胤恒捏著手機，「我現在希望Mio住的病房在一樓。」

「明星隱祕病房不可能在一樓。」張佑裕直接給了答案，「通常都在高樓層，還有重重關卡。」

天啊！蔡志友緊張的垂下肩頭，萬一跟陳偉倫一樣，開窗跳下去怎麼辦？

「希望她沒看電視。」

「該她走了，所以事情還沒完……」汪聿芃又瞄向蔡志友，「哭成那樣，不是因爲害怕地下室有什麼，而是因爲討厭？」

「呃……妳說誰？恬恬是覺得可怕，有個男孩小虎也說害怕，妞妞問了都市傳說後，頭一撇說，」蔡志友模仿起妞妞公主的傲嬌，「哼！我才不會怕它呢，我是討厭它！」

「都怕到歇斯底里了好嗎！」童胤恒失聲而笑，孩子就是孩子。

列車停下，廣播報著站名，蔡志友再次檢查，低聲說著再一站下車。

汪聿芃雙眼盯著地板，張佑裕想問些什麼，卻突然被童胤恒制止，他搖搖頭，現在汪聿芃在自己的行星結界裡，她應該是想到了什麼。

低首檢視手機，小蛙果然最快抵達醫院正在溝通中，有困難。

「她認得那個小丑。」汪聿芃突然抓住了張佑裕的手，「她認得那個小丑！」

「咦……咦？」張佑裕一臉驚愕，他不懂她在說什麼啊！

「她不是說忘記弟弟怎麼死的嗎！但是她記得那個小丑，所以她看到時才會那麼害怕，她抓著她媽媽說什麼？」汪聿芃立刻看向右邊的童胤恒，尋求支持。

「它來了……她說它要來了！」童胤恒跟著驚愕，「她不是說小丑要來了，是說……」

「正常人不會這樣說話的，小孩子覺得那邊有問題就會害怕、會恐懼、會不安！而且那天她簡直一秒落淚，明明哭得很慘，說她覺得那邊很可怕，大家都有聽見。」汪聿芃再看向蔡志友，「卻對當天不在的你說：『她才不怕它呢！』它是誰？」

張佑裕詫異的看著汪聿芃，「妳知道妳在暗指什麼嗎？」

「她目擊了整起命案，當晚在鏡頭前哭得多悲慘，現在在YOUTUBE都還找得到，睡一覺醒來後忘得一乾二淨？妞妞是這個事件後一躍成爲一線童星的。」汪聿芃條理分明的說著，「剛剛她看著小丑時，嘴型說著不可能，對，就是不可能！」

張佑裕整個人都站起來了，忍不住發抖，「這是……爲什麼……」

「小丑是看著她的！對！是看著她的！」汪聿芃跳起身，看著震驚的童胤恒，「你有看見的對吧！把我們推出來後，小丑並沒有追出來，也沒看著我們，只是撞玻璃……靠，它不是撞玻璃！」

「它……在點頭。」童胤恒跟著緩緩站起來，雙手握住汪聿芃的雙臂，「他看見姊姊了，它在點頭——」

彈簧小丑，自始至終都是左右搖擺的，何以唯獨看著妞妞點頭？

哇塞！蔡志友呆愣在原地，這言下之意該不會是說——妞妞弟弟當年的命案不單純？

到站響聲響起，張佑裕腦袋一片空白，蔡志友則提醒著要到站了。

「等一下！」童胤恒及汪聿芃同時抓過張佑裕，「妞妞的家在哪裡？」

T醫院。

小蛙是先要求把電視移開了，保鑣進去處理了還沒回應，康晉翊他們就到了，大家急得跟熱鍋上的螞蟻一樣，劉允容在旁好說歹說，還不如直接把電話交給保鑣。

最後、終於好不容易，盼到了外出的經紀人回來，一眼就瞧見熟人。

「她怎麼可能不看電視！她今天才在抱怨爲什麼要換曲子了！」經紀人滿臉質疑，「那個什麼都市傳說未免眞的太扯了吧！」

「扯？」康晉翊簡直不敢相信，「您不知道吳導在剛剛直播自殺嗎？」

經紀人震驚的望著他們，拿起手機就要滑，簡子芸忙不迭阻止她，現在是滑手機的時候嗎？

「我剛請保鑣把電視搬走並注意她的安全了！」小蛙焦急的回應。

「先帶我們去找Mio，都市傳說裡，導演死掉下一個就是女明星了！」簡子芸根本急得跳腳。

「女明……啊！」經紀人趕緊跟保鑣示意，帶著他們就穿過守衛牆，往眼前

的長廊奔去，左邊一彎再右邊一個彎，醫院也搞這麼複雜的通道啊！

結果剛剛小蛙請去的保鑣一臉無奈的站在病房門口，說Mio不要任何人打攪——天哪！這不表示病房裡只有她一個人嗎!?

「Mio——」經紀人立刻把門推開！

唰！一陣狂風吹至，讓大家忍不住哆嗦，正前方是橫向但空無一人的病床，正對著門的窗子大開，白色的窗簾隨風放肆飛舞，現下卻令人不寒而慄。

尤其病床上那紊亂的被褥，面對著床的電視不僅沒有撤離，甚至正在播放……那鋪天蓋地的蘋果汁廣告。

「……天哪！」簡子芸忍不住掩嘴，望著那扇窗發顫，「M、Mio……」

經紀人慌亂不已，哭喊著就衝向窗邊，「Mio——」

醫院病房，十五樓高啊！

「Mio有很正嗎？」

女孩按著遙控器，看著婀娜多姿賣弄性感的女人，她們才差五歲，爲什麼差這麼多啊？妞妞低頭看著自己的胸部，五年後，她也能變得這麼漂亮嗎？

不，她會更漂亮對吧！

「媽，我要吃水果！」妞妞扯開嗓子高喊著。

腳步聲急促走來，「這麼晚了吃水果好嗎？萬一水腫怎麼辦？」

「我想吃啦！我現在就想吃！」她執拗的任性，「我想吃草莓！」

「現在去哪裡買草莓啊！」媽媽跟著煩躁，「我削蘋果給妳吃好了！吃蘋果養顏美容，熱量又低！」

聽見熱量低，妞妞不再這麼堅持，默默的點點頭。

「妳還好嗎？電視台不知道是發生什麼事……」媽媽想走過來安慰她，「妳在那邊看見了什麼？嚇得連錄影都取消了！」

妞妞抿著嘴，「我好累不想錄啦，快去削蘋果給我吃！」

母親嘆口氣，看著女兒別開的眼神，知道她是不想提，但是那歇斯底里的尖叫眞的讓她心驚膽顫，她一時還以爲妞妞遭遇了什麼事。

才兩個廣告後，又跳進蘋果汁廣告，妞妞眞的是極度厭煩，一代新人換舊人，依她現在的名氣，只要快點長大，一定就可以贏過這個……嗯？

畫面突然卡住，妞妞舉起遙控器試圖轉別台，但怎麼按電視螢幕畫面都不動。

而廣告正巧卡在……鏡頭帶向草地的地方，黃色的小丑正巧歪向左邊，定格般的笑著。

妞妞皺起眉，她開始用力的按著電源鈕，關掉關掉，她一點不想看到那個可怕的小丑——爲什麼還在，爲什麼把那種東西放在廣告裡，根本不倫不類！

喀——喀喀——畫面中定格的小丑，突然間一點一點的轉正了。

『該走了喔。』電視裡傳來不該有的聲音，妞妞整個人嚇得縮起身子，蜷在沙發上。

「什……」媽——咦？妞妞張大嘴，卻發現聲音出不來！媽媽！

螢幕再度動了起來，鏡頭移到Mio臉上，她燦爛的笑著，『該妳了，妞妞。』在說什麼!?這是什麼廣告？這不是……她顫動著身體，卻發現自己的腳緩緩移下了沙發，身體完全不聽使喚，而電視停在那支廣告上，Mio性感的倒著蘋果汁。

『明明就換妳了，不能耍賴。』Mio打直右臂，指向了妞妞左邊，『該走了。』

不不不……等等！這是怎麼回事？妞妞轉身伸手推開落地窗，然後還爬上了那牆頭！

悠揚的音樂聲在身後的電視裡響著，裡面夾雜著她不該忘記的聲音：咿歪咿歪……咿歪……咿歪……

咿咿……男孩的頭跟著左搖右擺，身子也跟著擺動越來越大。「姊姊，妳看，小丑一直搖頭不會停耶！」

小女孩直接伸手狠狠捏了他一下。「叫你不要吵！」

……男孩縮了身子，咬牙不敢哭出聲，摸摸被捏疼的肚皮，姊姊又生氣了。

「咿歪咿歪，咿歪咿歪……」男孩抓起黃色的小丑，繼續模仿著小丑搖頭晃腦，往鐵梯上奔去，「我們來玩遊戲好不好？」

「閉嘴啦！爸——把他帶走，我等等要錄影！」她怒不可遏的咆哮著。

「什麼……弟弟，乖乖待在樓上，不要下去吵姊姊。」爸爸的聲音在上方傳來，「我去買甜點給你吃好不好？但你要乖吧，不然姊姊又要打你了！」

男孩似懂非懂，拿著小丑繼續用力搖晃，「咻咻咻！」

爸爸有點不安，不過爲了讓孩子安靜，趕緊轉身離去，推開對開門，C-1的右邊走廊末端有一台冰棒販賣機的。

咚、咚、咚，男孩拿著小丑往扶把上敲著，敲得越大力，小丑也晃得更凶，「我搖左邊，姊姊換你搖右邊。」

他笑著，拿著小丑奔下鐵梯，咚咚咚，繞著女孩跑一大圈，又重新跑上鐵

梯，咚咚咚！

她氣急敗壞的摔下劇本，起身就衝上樓梯，在上頭的弟弟開心的回過身子，燦爛的露出笑容，將小丑高舉向奔上的漂亮姊姊。

咿咿呀呀，黃色的小丑在她眼前劇烈震盪的，咿咿……

她一把搶下小丑，二話不說就往弟弟的頭上砸了下去——「閉嘴閉嘴！叫你不要吵你聽不懂嗎？你害我都背不起來了！都是你——」

一下、再一下，弟弟哇的大哭著，帶著冰棒衝回的父親驚恐的加快腳步衝進來，聽見的是駭人的巨響，叩——咚—砰砰砰——磅！

推開對開門時，他只看見背對著、緊繃著身子，右手緊抓著滴血小丑的女兒。

她在顫抖，但不是因爲恐懼，而是因爲怒火滔天，咬著牙惡狠狠的回眸，瞪著他。

「我說過，不要帶他來攝影棚，他會害得我不能專心！」豆大的淚珠滾下來，「都是他的錯！」

父親不敢置信的邁開步伐，來到了女兒身旁，看見的是跌落在鐵梯中末段的小兒子，從頸子與身體的扭曲看來，他知道兒子不在了。

「活該！」她氣得甩出手裡的小丑，砸在弟弟的屍身上。

小丑掉在男孩背上，再彈到一旁的鐵梯上頭，發出令人膽寒的聲響，但卻巧妙的又以底端立穩，持續的晃動著。

咿歪咿歪……咿歪咿歪……

她，沒有忘記過這個聲音。

「那裡——」童胤恒原本抬頭正在搜尋所謂十五樓，卻親眼看見有人開窗！

「那是妞妞對不對!?」

瘦小的女孩爬上女兒牆頭，這麼遠這麼高除了童胤恒視力好外，還加上妞妞衣服未換，她今夜穿著一襲金沙洋裝，在這黑夜裡顯得格外醒目！

汪聿芃跟著抬頭，看見了金黃色的裙襬飛揚，加快腳步往門口奔去。

「開門啊！」她大吼著，「再慢人都要跳下來了！」

警衛早注意到童胤恒他們指的方向，吃驚的回頭看著上方，他當然知道那戶人家是誰，是現在當紅的童星妞妞。

就算是童星，童胤恒用力握緊雙拳，還是女明星啊！

更別說那哭泣的演技，根本一流！絕不辜負女明星的稱號！

警衛飛快的按下開門鈕，汪聿芃直接衝撞過去，這高級社區有著偌大的庭園，妞妞一旦跳下來，那不是直接中水泥地，就是摔進一旁的日式庭園水池造景裡啊！

張佑裕根本追不上他們的速度，他目瞪口呆的看著衝出去的汪聿芃，他沒想到那個女孩居然跑得這麼快，連那個高大的男生都追不上！

妞妞客廳裡的螢幕中，每一個Baby及Mio幾乎是爭先恐後的貼在玻璃前，喜出望外的看著站在牆頭的身影。

『該妳了，該妳當小丑囉！』電視裡繼續播放著搭配曲調的歌聲，以及那根本不該出現的歌詞。

淚水流滿女孩臉龐，但是她哭不出聲也喊不出來，雙腳踩在窄小的牆垣，看著極深的樓下——

『姊姊。』

有雙手明確的由後推了她，妞妞最後聽見的，是電視裡傳來熟悉的聲音。

汪聿芃知道自己衝得到，她瞭解自己的速度，絕對可以在妞妞掉下來前接住她的——童胤恒也知道，他看著眼前的飛毛腿，幾乎可以斷定妞妞掉下來時，汪聿芃可能就會跑到她正下方。

但是接住？太天真了！汪聿芃的世界裡只有跑速，鐵定沒有重力加速度！

「啊啊啊——」童胤恒驀地大爆發，拼命的往前衝，直到汪聿芃的身後——

砰！

汪聿芃重重的摔上地，還往前滑了幾吋，手肘與腳都擦過了地，聽著令人發寒的聲音近在咫尺，她看著趴在地上的自己，聲音爲什麼……在後面？

迷糊的抬首往右看，右手邊是咬牙皺眉的童胤恒，他正痛苦的翻過身，任自己小心的躺在地上。

全身撞擊又麻又痛，汪聿芃撐起身子緩緩向左後回頭，看見的是僅僅一公尺之遙的金色身影，一半在庭園水池的石塊上，另一半在水泥地上……她像顆水球，只是圍繞在她身邊的，是炸出來的鮮血。

這麼近……汪聿芃留意到自己的髮上，有著像是肉塊還是腦漿的物體，黏在上頭。

「童子軍？」她蹙著眉，她不明白。

「十五樓，妳以爲妳接得住嗎？她的重量加上重力加速度，妳幸運的話會骨折，她也不一定能活；不幸的話妳會被壓死，她也不一定能活。」童胤恒不想掙扎的任自己癱在地上，他可是費盡氣力才追上她的。「跑速之外，妳應該要算重力加速度。」

汪聿芃抽著氣，她不忍的再看了一眼栽在水池裡的女孩，一池水都已轉紅，她的下半身也明顯的扭曲。

「可是說不定有我們都能活的機會啊！」汪聿芃忍不住哽咽，「我說不定接得到的！」

「汪聿芃！」童胤恒不悅的喊著，「導演下一個是誰？」

咦？汪聿芃怔然的望著他，「……女明星。」

年紀再小，她是藝人，也一樣是女明星。

「啊啊……妞妞！」張佑裕這才跑來，驚恐的大喊著，「報警！快報警——」

同時間，樓上傳來悽厲的叫聲，「啊啊——妞妞——」來自母親的悲鳴。

電視裡的Mio倒著蘋果汁，妞妞母親哭喊著掠過電視往門口衝，Mio舉起了蘋果汁的杯子，對著地上搖晃的小丑做著乾杯狀。

隻手撐臉，Mio的笑裂到了嘴角，欣喜若狂。

樓下的童胤恒腎上腺素爆發才追上汪聿芃，將她撲倒在地，遠離妞妞掉下來的路線，眞是千鈞一髮……不管多少可能，妞妞重傷或死亡是確定的，但是汪聿芃可以毫髮無傷的機會非常高。

選一百次，他都選汪聿芃。

因爲，這是「被詛咒的廣告」，這是都市傳說，下一個死亡的，必是女明星。

「那……Mio呢？」汪聿芃抹了淚，勉強維持原狀不動，她也摔得手痛腳痛身體痛。

Mio呢？

廁所沖水聲響起，拉開門的女孩驚愕的看著一房間的人們，她的經紀人還趴在窗邊，悲情的上演吶喊記。

「怎麼了？幹嘛這麼熱鬧？」她攏攏頭髮，「房間很悶吧，我開窗透個風啊！」

康晉翊跟簡子芸呆望著她，Mio悠哉的爬回床上，劉允容跟阿祥也說不出話來，戲劇性吶喊的經紀人直接卡在窗邊。

「劉允容也來啦，你們是誰？」她拿過床邊的護手霜抹手，「啊！讓開讓開——天哪！吳導自殺？」

她激動的要康晉翊他們退開，因爲他們擋到電視了。

電視台播出即時新聞，蘋果汁廣告意外再添一樁，吳導直播服毒自殺，啤酒裡放了老鼠藥，「被詛咒的廣告」再度活生生上演。

康晉翊跟簡子芸對看一眼，簡子芸默默拿起手機，傳出了訊息。

幾乎同一時間，童胤恒的訊息也進來了。

『Mio平安。』

『妞妞跳樓自殺。』

都市傳說不會有差錯，「被詛咒的廣告」就是「被詛咒的廣告」，導演死亡之後，下一個就是女明星……或是……

姊姊。

第十一章

END？

Mio果汁廣告播出第三天，宣布全面下架暫停，食品公司爲平社會疑慮，決定重新拍攝，對於近日發生在廣告拍攝小組身上的事件，深感遺憾，但對於坊間傳開的都市傳說，一概予以否認相關。

至於其他沒有與廣告公司相關聯的意外，也就更不會在乎。

整個社會，現在最介意的，是當紅童星之死！天才敬業的童星妞妞，才十一歲竟會壓力過大的從自家陽台跳樓自殺，也引起了社會檢討童星工作時數、以及如何照顧他們心理健全的聲浪。

「四年前推弟弟下樓的是妞妞，虐打弟弟發洩壓力的也是她，父親只是頂罪。」康晉翊嘖嘖嘖的搖頭，「四年前妞妞才七歲耶！」

「就是年紀小才殘忍啊，他們不懂什麼是同理心！」蔡志友聳了肩，「不過她的演技很精湛啊……那天跟我說話，也是想套話吧？」

「我對她爸幫她頂罪這點挺訝異的。」童胤恒其實知道實情後一點都開心不起來，「警方當時都沒查到嗎？」

「沒人會去懷疑小孩子，我跟你說七歲殺三歲的你會信嗎？人總是有主觀，一旦成立就會開始認爲父母唬爛啦、七歲孩子該天眞無邪沒有錯。」簡子芸邊說，手指在鍵盤上沒停過，「加上致死原因是被推下樓，大人力氣比較大，推的

機會也更大，至於頭上的傷口，父親拿過小丑後多敲幾下就好了。」

「正是，當年妞妞手上的血，她解釋是抓起小丑要叫弟弟起來，上面自然有多組指紋跟血，非常合理。」康晉翊是從章警官那邊得知實情的，「妞妞年紀小又是家裡的經濟支柱，父親選擇頂罪，也捨不得讓年紀尚小的女兒受到異樣眼光。」

「廢話眞多。」小蛙冷笑著，「我看只是怕斷送女兒的演藝生涯，以後他們一家靠什麼過吧！」

他不屑的笑著，大家默默瞥過去，心照不宣的同意。

這些都是在妞妞身故、汪聿芃提供懷疑線索後，警方再三追問，母親才道出原委的。

不過，最終妞妞母親還是希望不要說出這個祕密，讓妞妞以傳奇女童星的身分舉辦風光葬禮，即便她會遭受沒有照顧好孩子的指責也都無所謂，即便名嘴聲聲討伐這個讓孩子工作壓力過大的母親也沒關係。

她希望妞妞的光環依舊，也不希望她揹上殺弟弟的汙名。

「眞僞善。」汪聿芃扔出這麼一句，「不過隨便啦，反正弟弟終歸等到姊姊啦！」

這話令人忍不住打個寒顫，是啊，弟弟最終還是等到了姊姊。

前夜的兵荒馬亂至今仍在延燒，吳導的服毒自殺直播、妞妞的壓力過大跳樓，都佔據了這兩天的新聞頭條。而「都市傳說社」緊張的是，還有沒有未知的意外持續在發生，因此與袁巧君及張佑裕保持密切聯繫。

「嘿，大家都在！太好了！」門外走入提著大包小包的于欣及陳偉倫，「我們兩個買了鹽酥雞，請大家吃，順便壓壓驚。」

「哇！這麼好？」小蛙立馬跳起來，趕緊去接過一堆食物。

「還有飲料咧，超級周到！」陳偉倫笑了起來，神情已見輕鬆。

康晉翊從辦公室往茶几走去，這香氣逼人，誰受得了鹽酥雞的誘惑啊！「爲什麼突然買這麼多？」

「謝謝你們啊！」于欣說話就是乾脆，「要不是你們，我眞不知道我現在還能在這裡嗎！」

「啊？」童胤恒一怔，「說不定還好？因爲妳不是劇組的人！」

「我只知道，幸好吳導自殺時我沒在現場。」于欣回想起來覺得可怕。

她的確是抵達三十七樓後腦袋便呈現空白，按照監視器，她當時立刻坐電梯下樓離開電視台，爾後在沒有任何人告知的情況下找到吳導所在的溫泉旅館與房

間，再一同與吳導的座車一起折返。

于欣一開始就是被設定跟著吳導的。

小丑上只有她的指紋，老鼠藥是她用吳導員工證在工具間拿的，不過藥是吳導自己倒進酒裡，所以于欣只需要配合調查就好。在她的記憶中，只有氣喘吁吁上三十七樓，緊接著就是耳朵傳來音量甚大的音樂，眼前映著汪聿芃的臉。

「為什麼要搞這麼大的陣仗啊？不管是于欣或是小展？都是被控制的去做別的事？」童胤恒對此很感冒，「要對付某個人，還得牽托另一位？」

「這個都市傳說可能很喜歡排場吧！」汪聿芃開心的拿起花枝圈，「畢竟人家是電視廣告嘛！」

簡子芸皺起眉望著她，有這樣解釋的嗎？

「我只知道事情結束了，我真的鬆了一口氣，那幾天一聽到音樂，就一直有人在唱該走了該走了！」陳偉倫才幾天就瘦了一圈，「連沒有音樂時，好像也會有人在旁邊唱咧！」

「現在呢？」蔡志友好奇的問。

「我哪知道！廣告都下架了，你覺得我有那個勇氣再聽一次嗎？」陳偉倫泛出微笑，眞的謝天謝地。

大家熱鬧的聚在茶几邊，向請客的人道謝，說實在的這幾天也沒好好吃頓飯，即使到現在，康晉翊跟簡子芸的手機依然擺在旁邊，深怕還會再有狀況。

「吳導的自殺最後好像也是歸咎於廣告被攻擊咧……」蔡志友一直在追蹤最新進度，「大家說太玻璃心了。」

「直播的瘋狂樣子深植人心，再多解釋也是多餘的了。」簡子芸微微一笑，「想知道眞相，只得到我們社團FB看了。」

咦？大家頓了住，紛紛往她看去，「妳照寫？」

「當然照寫，照實寫，我們經歷過的、遇到的，從陳偉倫的一樓跳樓起，到于欣的被催眠，全數寫進去。」簡子芸的筆電就擱在膝上，「噢，混音師的姿態、詭異的搖晃跟死亡三週末腐爛，我也沒錯過。」

「哇塞！」于欣忍不住職業病爆發，「眞的不能讓我採訪一下嗎？」

「不行。」康晉翊即刻駁回，「妳這次可以採訪妳自己啊！妳不是活生生就在裡面！」

「我才不要咧！我想知道在我斷片後你們遇到的事啊！」于欣眞是超扼腕的，「我不懂，爲什麼非要找我呢？不找康晉翊？找童子軍？」

喂喂，童胤恒連忙搖頭，他可沒有被找上的習慣。

「說不定就妳愛走樓梯。」小蛙咯咯笑著，「落單啊小姐！」

咦？大家不由得點頭，這話有理耶，因爲大家幾乎都是集體行動，她那天一個人爬樓梯呢！

「這可不公平，我那天在這裡看廣告時沒落單啊！」陳偉倫滿腹委屈。

「你是原版，于欣是改良版嘛！照理說換了曲目後，普羅大眾不會受到影響的啊！」汪聿芃其實也覺得很奇怪，「于欣那時上樓後，有特別看廣告一眼嗎？還是只是聽？」

于欣咬著吸管，顯得爲難，「我說眞的，我聽到音樂就抬頭，我有特地想看的畫面。」

「爲什麼？發生那裡多事妳還敢看廣告啊？」身爲過來人之一的陳偉倫只覺得佩服。

「因爲……唉，就那天拍的照片裡，我覺得有幾張怪怪的。」于欣咬著唇，「汪聿芃在撿小丑時我連拍了幾張，結果我看見……小丑的眼珠子從左邊瞟到右邊，害我特別想注意廣告裡的小丑長怎樣。」

一時間，「都市傳說社」裡鴉雀無聲。

「所以妳特地仔細瞧了小丑嗎？」汪聿芃亮了雙眼，「搞不好就是這樣！曲子跟小丑，兩個說不定都是都市傳說的契機啊！對不對？」

她愉悅的想尋求認可，結果發現大家都用嚴肅的神情看向于欣。

「媽呀，那天的照片？」蔡志友忍不住開口，「我們都有看的那堆？」

「我沒看到什麼眼珠子換邊啊？」小蛙仔細思考著，「是有幾張汪聿芃他們在撿東西的照片，但是……」

「因為她在撿東西，動作會模糊，比較模糊的我就沒洗出來嘛！」于欣像是想到什麼的拿出手機，「不然我傳給你們看好了——」

「不必不必！」眾人異口同聲，飛快的阻止她，「妳自己留著慢慢看！」

啊……汪聿芃失望錯愕的看著大家，她想看啊！

「刪掉吧！」康晉翊中肯建議，「妳沒事留著想重複看嗎？」

「我想說你們可能有點用處。」她抿抿唇，朝汪聿芃瞥了眼，接受到她熱切的目光，「汪聿芃？」

「我們可以存在社團檔案裡啊！」她誠懇建議。

「不行，妳也別看。」童胤恒直接把她拉回來，「這種憑藉媒體散播的都市傳說，還是小心為上！」

這不是巷弄內拿剪刀的裂嘴女，不是只有在青山路路跑的紅衣小女孩，而是

依憑電視的都市傳說，絕對不能小覷。

汪聿芃依然難掩失望，于欣被大家說得起雞皮疙瘩，動手開始刪掉照片。

「對了，那混音師呢？」陳偉倫不解的問著，「你們遇到混音師的事，但新聞沒有報？」

「太多大條的新聞了，比起來他微不足道。」康晉翊嘆氣，「如果說出三星期不腐爛加上屍體搖晃的實情，應該很快會凌駕過童星之死。」

「結果混音師的死因還不知道，目前推測是服藥過量，警方在現場發現大量的安眠藥。」簡子芸塞入一口薯條，「眞的是都市傳說啊，服藥、服毒、跳樓……」

她邊說，一邊看著自己的筆記本，樁樁件件的走勢，幾乎都跟都市傳說一模一樣。

差別在於，小展刺傷Mio那段，不懂到底針對的是小展？還是女明星？

「我比較意外的是Mio居然沒事……我不是希望她有事喔，我是說依照都市傳說的順序。」康晉翊看向童胤恒，「而你們居然意識到妞妞也是明星這點。」

「汪聿芃意識到的。」童胤恒可不敢居功，「當然有很多異象，但她最快連結。」

「那是因爲小朋友說了不可能，小丑又激動的點頭……那個彈簧小丑從頭到尾只會左右搖的，依照構造根本不可能點頭嘛！」汪聿芃再看向蔡志友，「還有他跟妞妞聊過天，我也是胡亂湊。」

「我才不可能怕他呢，是討厭！」、「他要來了，他要來了！」，這些指的都是弟弟；加上她驚駭的那句不可能，跟她的「失憶」根本相違背。

當然還有第一次見面時，妞妞那一秒落淚的哭泣，讓汪聿芃覺得有點假，她只感覺到那是個不想接觸C-2的童星，但絕對沒想到她會是殺掉親弟的凶手。

「就閒聊，我還眞沒想到這麼多！」蔡志友可是由衷佩服汪聿芃的，「妳怎麼會聯想到那邊去？」

汪聿芃不解，「嗯？」大家都不會嗎？

「回想起來，我其實覺得男孩有點可憐，我跟汪聿芃被推出C-2時，那對開門是立刻從裡面鎖住的！進去前我把門子移動不易鎖上的地方了，結果我們非但沒被鎖在裡面，小丑卻是將自己反鎖。」童胤恒回憶起一切，「它看著姊姊，拼命點頭，但卻不敢開門……好像還在畏懼著她。」

畏懼那個動不動就打他捏他、但是他卻始終想親近的姊姊。

「所以，都市傳說是那個弟弟……還是被詛咒的廣告呢？」蔡志友小心的，

問出了心底的疑問。

是誰呢？這要怎麼回答？

童胤恒微笑的看向汪聿芃，她也正劃出個無奈的笑容，如同那天在廁所裡時，事件發生的起因究竟是哪個花子？

是廁所裡的花子？還是幾十年前被殺的花子？還是單純因爲受害者轉學過來？或是因爲加害者回到學校？

沒有人知道確切的答案，這或許正是都市傳說迷人之處吧。

「或許那個小Baby猝死引發了一切，弟弟加都市傳說就復甦了！」康晉翊說了一個假設。

「也或許那片音源決定了一切，跟原始都市傳說一模一樣。」簡子芸舉起飲料，也說了個推測……嗯，等等把大家的猜測都寫進去好了。

大家眼神移向簡子芸身邊的小蛙，他正在啃骨頭咧，錯愕兩秒，「要我說，是吳導向被詛咒的廣告『致敬』的後果！」

噢噢，廣告系同學無法忍受抄襲啊！

「小丑吧，說不定用了當初妞妞殺死弟弟的小丑。」陳偉倫隨口說一個，他實在不太願意回想。

「不是說是音樂跟小丑的結合嗎！我比較信這個！」蔡志友先搶拍，「這是罕見的，所以都市傳說不是那麼容易看到！」

童胤恒只是輕笑，拿著一串雞心在啃，大家把可能性都講完了，他還眞不知道能說什麼。

能想的都是吐嘈點吧？例如就算小Baby猝死，才引發都市傳說，那弟弟何以非要這時刻才出來？音源決定一切的話，他記得男子說過之前就使用過，但爲什麼只有這支廣告會成爲「被詛咒的廣告」？

小蛙說的「致敬」煞是有理，但回到源頭，當初那支「被詛咒的廣告」誕生成爲都市傳說是因爲曲目，不是因爲拍攝風格啊！陳偉倫說的小丑因素，也不該是不見天日就沒作用的，都市傳說沒這麼低調，得有人拿出來使用才運作！

蔡志友說的是汪聿芃一開始的猜測，這是最罕見的組合，不明的音源，搭上弟弟被殺時的小丑，說不定是都市傳說引出了徘徊的弟弟，也可能其實是弟弟帶出了都市傳說。

這不管怎麼猜，「被詛咒的廣告」究竟是個怎麼樣形成的都市傳說，永遠沒有人能知道。

「我覺得啊，」汪聿芃嚼著魷魚時，突然發表了高見，「其實是整個攝影棚

吧。」

咦!?大家都愣住了，瞪圓雙眼看著她。

「攝影棚……C-2？」于欣嚥了口口水。

「對啊，乾脆說在那個攝影棚拍的，都有可能是都市傳說嘛！」汪聿芃微微一笑，「攝影棚就是都市傳說～」

哇塞，這論調只是聽得大家頭皮發麻，媽呀，照她這麼說，所以在C-2拍攝的節目，戲劇、廣告、各種娛樂節目，不就通通都有可能變成都市傳說？

然後下一次播放時，再一輪催眠式自殺？

「這有點扯啊，汪聿芃！」小蛙嘴裡塞滿食物之語焉不詳。

「這樣一堆節目都有可能了不是？」康晉翊呼了口氣，「欸，陳偉倫，我要吃雞屁股！遞一下！」

蔡志友也失聲笑了起來，往前探身拿過花枝丸，「攝影棚咧……」

唯童胤恒認眞的看著汪聿芃，他可不想輕視這傢伙的言論。

拿出手機滑著，如果是攝影棚的話……其實還是有疑點的，因爲單純那個攝影棚的話，拍出來的東西多得不可勝數，爲何偏偏就這支廣告成爲都市傳說？

還是說，大家說的全部都是因素？得要這種天時地利人合，才會化身成爲

「被詛咒的廣告」？

亦或是……他看著最新新聞，記者開始大小事都在報導，蘋果汁廣告的爭議，某大學生表示跟曲目有關，但記者發現這首曲子並不用於這支廣告，過去也曾被用在軟糖廣告中，但當時並沒有這類的詭譎事情……

再往下滑，童胤恒突然瞪圓雙眼，倒抽一口氣。

「有沒有可能，都市傳說其實是……」他虛弱的出聲，「攝影棚再加上那首曲子？」

手機上放了一張當年的軟糖廣告連結，甜美的小朋友吃著軟糖，背景音樂響起的便是那音源不明的曲子。

「啊……」陳偉倫跟于欣同時激動掩耳，「天哪！還在，歌曲還在叫我們該走了！」

汪聿芃趕忙到童胤恒身邊，飛快的按下暫停。

「被詛咒的廣告」還沒停止？爲什麼？

而手機螢幕停下的畫面，嚼著水果軟糖的童星，是六歲的妞妞。

尾聲

音樂聲中又跳又笑的可愛女孩，拿起軟糖分享給其他朋友，張佑裕噙著淚看著舊時畫面，一時之間百感交集。這麼可愛的女孩，居然就這樣死了。

張佑裕一個人在C-2的音控室裡處理善後，除了要把所有小丑道具丟掉外，還要把這次廣告的片子封藏。

剛剛看記者找到那首曲子當年用在軟糖廣告上，那是六歲的妞妞啊，看著螢幕裡那天眞的笑靨，實在很難接受她自殺的慘狀。才十一歲的女孩爲什麼會自殺？死狀還如此悽慘，聽說整張臉因爲摔在石頭上，根本都摔爛了，面目全非。

于欣讓他知道，她不是自殺的，是因爲都市傳說，因爲這個「被詛咒的廣告」，他實在不懂這種都市傳說是爲什麼……要這樣傷人害人呢？

從同事到Mio，甚至導演人再爛也是無辜的啊，究竟爲什麼好好的廣告，熬了這麼多人心血的東西，會變成都市傳說？

唉，退出片子，他得去把道具收拾乾淨了。

「咦？」按了退出鈕，但DVD卻無論如何都沒有出來，「怎麼回事？壞掉了嗎？」

決定找工具手動開啓，才拉開抽屜，剛剛才聽完的音樂突然自音響再度播出。張佑裕有些錯愕，不由得困惑的抬頭環顧四周，不解這聲音是從哪裡出來的。

「是片子出問題了嗎？」DVD卡住，但是音樂照常播放？

他質疑著，但還是決定趕緊把機器搞定再說，至少先強制退片！

才剛找到工具，音控室燈光瞬間一秒暗去！

喝！張佑裕嚇呆了，他呆坐在椅子上，完全不知道這是怎麼回事！

「誰、誰在惡作劇!?」他忍不住嗚咽，「不要嚇我啊，我最膽小了好嗎！」

在他喊叫的同時，那首悠揚的不明音源依然放送著，輕快的語調，啦啦啦啦……

張佑裕完全不敢動，他坐在位子上試圖想記起他手機剛剛放到哪裡去了！不對，他先出去好了，待在這裡只會讓人更加恐懼！

張佑裕踉蹌的起身，摸黑就往近在咫尺的門邊衝——喀噠！

門把壓不下去!?他驚恐的瞪圓雙眼，爲什麼打不開!?

『沙沙……該你了喔！』音樂聲裡驀地出現歌詞，『該走了喔～』

該走了喔！

跑回椅子邊拿出皮夾裡「都市傳說集點卡」的汪聿芃，隨意瞥了眼「都市傳說社」的白板，上頭自然寫著「被詛咒的廣告」的都市傳說，順序、脈絡，還有……嗯？

她瞇起眼往前，看著黑板上寫：小孩子、燈光、攝影、道具、導演、女明星……

接著角落有著潦草又極小的四個字：雜務助理？

一旁黏著列印下來的「被詛咒的廣告」……最下面是：『至於一個月後，當時拍攝的雜務助理在攝影棚內意外死亡的事故，究竟是意外，還是都市傳說的最後一個詛咒，已經無法得知了……』

嗯哼，她微瞇起眼，蘋果汁廣告裡，有雜務助理嗎？

「欸，大家！」她聳了肩拿著卡小跑步奔出，「我可以提個臨時動議嗎？」

「不可以！」

後記

被詛咒的廣告不算是個很耳熟能詳的都市傳說，但也確實存在過，而且類似的都市傳說也不少。

雖然這個都市傳說後來被人說是子虛烏有，但傳說之所以是傳說，迷人之處就在於不管多少人說那是假的，也無法百分之百證實啊！

「被詛咒的廣告」我覺得有點像催眠，只是發功的是這個廣告本身，有個類似的案例是在二戰時，有位匈牙利作曲家因爲與女友分手後心情低落，譜出了一首《憂鬱的星期天》，歌曲悲傷且流露絕望，最後導致數百人在聽完這首歌後選擇自殺，因此這首歌又稱爲「匈牙利自殺歌」，甚至一度遭到了英國廣播公司（BBC）等國際知名電臺的禁播。

但是，卻沒有任何實質文獻或數據證實自殺事件與人數，所以也有人說，這可能是一種宣傳方式。

或許因爲作曲家的悲傷讓聽者共鳴，低潮者聽到後更加難受，也或許那些音符眞的組成一種頻率，造成某種令人走向絕路的效果。

也有可能，這首曲子有自己的靈魂，成爲一種都市傳說，催眠著聽曲的人選擇自殺。

催眠本來就是一種很玄的事，不管是催眠師，或是自我催眠。好的自我催眠其實是不錯的，適度的正向樂觀，也算是種催眠吧，但總是會帶來好的循環。

這種都市傳說其實非常特別，而且也難以閃躲吧！夜晚當你坐在床上抱著洋芋片看電視時，突然間電視裡的人定格，可能瞪著你，可能衝你笑，甚至對你說話，展開催眠，不論你有無自我意識，總之身體不聽使喚，完全成爲別人的傀儡。

「詛咒」也是個相當難考證的東西，從闖入法老王墓穴開始，到了觸犯某些宗教的禁忌，總是有許多詭異的傳聞傳出。就像考古小組與埃及墓穴，挖掘的小組人員在進入墓穴的確接連死亡，科學的解釋是環境不良、疫病四起，但小組成員在短時間內陸續身故是事實。

「被詛咒的廣告」亦然，一支短短的廣告，卻可以從演員跟劇組人員不停的發生意外，所謂巧合，仍舊令人毛骨悚然。

「被詛咒的廣告」現在在YOUTUBE還是找得到的喔，有興趣的可以去看看，其實感覺沒什麼，就是個很可愛無台詞的廣告。

因爲「被詛咒的廣告」這個都市傳說沒有發生過太多次（喂！），所以我額外添加了類似傳說的元素，一如樂曲催眠，再放進一直絕對具有「恐怖」代表性的小丑們。在馬戲團裡代表歡樂的小丑們，不知道爲什麼變成面具、變成彈簧玩偶後，夜半時分睜眼瞧見時，總是不那麼令人愉快啊！

希望大家喜歡這次的特別版贈品，都市傳說來到第14本了，所以贈品眞的越來越難想，又希望符合故事又希望具特色；使用時請留意喔！如果發現有問題，就可以去找汪聿芃拿一張集點卡蓋章了呢！

然後在這邊宣傳一個好消息，如果您是新加坡馬來西亞的天使們，我在6月27日晚上，第十二屆海外華文書市會有演講及簽書會，如果能在海外見到你們，我應該會開心死吧！

相關訊息可上我的粉專，或是KLCC官網詳看，首次海外簽書會，眞的很想見到大家啊！

最後，由衷感謝購買此書的您，購書對作者永遠是最直接有效的支持，這是作者得以寫下去的最佳動力！謝謝您！

笭菁

境外之城 069

都市傳說 第二部2：被詛咒的廣告

作　　者／笭菁
企畫選書人／張世國
責 任 編 輯／張世國

發　行　人／何飛鵬
副 總 編 輯／王雪莉
業 務 經 理／李振東
業 務 主 任／范光杰
行 銷 企 劃／周丹蘋
法 律 顧 問／台英國際商務法律事務所　羅明通律師
出版／奇幻基地出版
城邦文化事業股份有限公司
台北市南港區昆陽街16號4樓
電話：(02)25007008　傳眞：(02)25027676
網址：www.ffoundation.com.tw
e-mail：ffoundation@cite.com.tw
發行／英屬蓋曼群島商家庭傳媒股份有限公司城邦分公司
台北市南港區昆陽街16號8樓
書虫客服服務專線：(02)25007718・(02)25007719
24小時傳眞服務：(02)25170999・(02)25001991
服務時間：週一至週五09:30-12:00・13:30-17:00
郵撥帳號：19863813　戶名：書虫股份有限公司
讀者服務信箱 E-mail：service@readingclub.com.tw
歡迎光臨城邦讀書花園 網址：www.cite.com.tw
香港發行所／城邦（香港）出版集團有限公司
香港灣仔駱克道 193 號東超商業中心 1 樓
電話：(852) 2508-6231 傳眞：(852) 2578-9337
馬新發行所／城邦（馬新）出版集團
【Cite(M)Sdn. Bhd.(458372U)】
11, Jalan 30D/146, Desa Tasik,
Sungai Besi, 57000 Kuala Lumpur, Malaysia.
電話：(603) 90578822　傳眞：(603) 90576622

封面內頁插畫／豆花
封面設計／邱宇陞工作室
排　　版／極翔企業有限公司
印　　刷／高典印刷有限公司
■2017年（民106）5月4日初版一刷
■2024年（民113）5月3日初版12刷
售價／280元

國家圖書館出版品預行編目資料

都市傳說 第二部 2：被詛咒的廣告／笭菁著.--初版.--台北市：奇幻基地出版；家庭傳媒城邦分公司發行；2017.05（民106.05）
面：公分.–（境外之城：69）
ISBN 978-986-94499-1-5（平裝）

857.7　106003752

ISBN 978-986-94499-1-5

Printed in Taiwan.

城邦讀書花園
www.cite.com.tw

奇幻基地15周年龍來瘋慶典

集點好禮獎不完！還可抽未來6個月新書免費看！

活動期間，購買奇幻基地作品，剪下回函卡右下角點數，集滿點數，寄回本公司即可兌換獎品＆參加抽獎！

集點兌換辦法

2016年6月起至2017年12月20日前（郵戳為憑），奇幻基地出版之新書，剪下回函卡右下角點數，集滿點數貼至右邊集點處，寄回奇幻基地，即可兌換贈品（兌換完為止），並可參加抽獎。

集點兌換獎品說明

5點：「奇幻龍」書擋一個（寬8x高15cm，壓克力材質）

10點：王者之路T恤一件（可指定尺寸S、M、L）

回函卡抽獎說明

1.寄回集滿5點或10點的回函卡，皆可參加抽獎活動！回函卡可累計，每張尚未被抽中的回函卡皆可參加抽獎。寄越多，中獎機率越高！

2.開獎日：2016年12月31日（限額5人）、2017年5月31日（限額10人）、2017年12月31日（限額10人），共抽三次。

回函卡抽獎贈書說明

中獎後，未來6個月每月免費提供奇幻基地當月新書一本！

(每月1冊，共6冊。不可指定品項。)

特別說明：

1.請以正楷書寫回函卡資料，若字跡潦草無法辨識，視同棄權。

2.本活動限台澎金馬。

【集點處】

1	6
2	7
3	8
4	9
5	10

（點數與回函卡皆影印無效）

個人資料：

姓名：________________________ 性別：☐男 ☐女

地址：________________________

電話：________________ email：________________

想對奇幻基地說的話：________________________

____

請剪下右側點數，貼於集點處，集滿5點以上，即可寄回兌換抽獎